PROFIL BAC
Collection créée par Georges Décote

Les contes de Perrault

(1694-1697)

Illustrés par GUSTAVE DORÉ

DAVID RUFFEL
Agrégé de Lettres modernes

Sommaire

© HATIER, Paris, 2006 ISSN 0750-2516 ISBN 2-218-92336-X

ANNEXES

Les indications de pages renvoient à l'édition Gallimard, collection « Folio classique » (Perrault, **Contes***, 1981).*

Les numéros des illustrations renvoient à l'ordre dans lequel elles se suivaient dans l'édition originale des **Contes de Perrault** *illustrés par Gustave Doré (Hetzel, 1862); à la fin de l'ouvrage (p. 125 à 128) figure un tableau qui présente la liste complète de ces illustrations assorties de leurs légendes.*

Édition : Jeanne Boyer – Maquette : Tout pour plaire
Mise en page : Ordiphone Communication

PREMIÈRE PARTIE

Résumés et repères pour la lecture

Frontispice de l'édition originale des contes de Perrault
(Histoires ou Contes du temps passé avec des moralités, 1697).

GRISELIDIS

RÉSUMÉ

Un jeune prince refuse de se marier en raison de sa méfiance excessive, proche de la folie, à l'égard des femmes. Sous la pression de ses sujets, il finit par épouser une belle et modeste paysanne, Griselidis, dont il est tombé amoureux. Un an plus tard, une fille naît et la folie du prince se ravive : il veut éprouver l'obéissance de sa femme, la séquestre, lui retire sa fille et lui fait croire à sa mort. La soumission de Griselidis est telle que le prince abandonne ses soupçons.

Quinze ans après, au moment où il apprend les amours de sa fille et d'un jeune seigneur, la persécution reprend : il annonce qu'il va se marier avec une jeune inconnue, qui est en réalité sa fille, répudie Griselidis puis la rappelle afin qu'elle devienne la servante de sa future épouse. Griselidis se résigne à nouveau. Touché et convaincu par son obéissance, le prince révèle l'identité de sa fille, qu'il marie avec le jeune seigneur, et célèbre la vertu et la patience de sa femme.

REPÈRES POUR LA LECTURE DU CONTE

Une nouvelle en vers

Ce conte était populaire au XVIIe siècle. Perrault le développe et en fait une nouvelle en vers, imitant La Fontaine et le style précieux (voir par exemple la comparaison climatique « Comme quand un épais nuage [...] allégresse », p. 87-88), ajoutant des références à la mythologie (« propre au métier de Mars », p. 59) et au monde du XVIIe siècle (voir notamment la description des préparatifs du mariage qui évoque les fêtes somptueuses de Versailles, p. 68-69). Très éloigné de l'esthétique du conte (présence du merveilleux, cadre atemporel), ce récit correspond bien au genre de la nouvelle.

jurer à son mari de ne se remarier qu'avec une femme plus parfaite qu'elle. Le roi jette son dévolu sur sa fille. Sur les conseils d'une fée (sa marraine) et pour échapper à son père, la princesse exige de lui la confection de trois robes extraordinaires, puis la peau de son âne, dont elle s'affuble pour fuir loin. Devenue simple « souillon » (p. 105), laide et méprisée, elle revêt en cachette les belles robes de son père. Un prince la surprend, en tombe amoureux et exige que Peau d'âne lui prépare un gâteau, dans lequel elle glisse un anneau d'or. Le prince annonce qu'il épousera celle dont le doigt sera assez fin pour passer l'anneau. Seule Peau d'âne réussit l'épreuve. Le mariage est célébré. Le père de Peau d'âne, libéré de son « désir criminel » (p. 114), retrouve sa fille et se réjouit de son bonheur.

REPÈRES POUR LA LECTURE DU CONTE

Un conte de fées

Composé après *Les Souhaits ridicules*, *Peau d'âne* est le premier conte de fées de Perrault, par la présence du merveilleux folklorique (la fée, les robes) et d'une héroïne adolescente. Ce conte, très connu à l'époque, juxtapose trois éléments : la menace du mariage incestueux, la dissimulation de l'héroïne sous une peau de bête, sa reconnaissance grâce à l'anneau. Perrault ajoute le motif de l'âne merveilleux.

Un conte pour les filles (et leur père)

Le conte traite, entre autres, de l'amour des pères pour leur fille et des filles pour leur père. En se rendant laide aux yeux de son père et en se parant pour le prince, Peau d'âne traverse et dépasse le stade du désir incestueux. En présentant sous une forme monstrueuse le fou désir du roi, le conte encourage les pères à faire de même. Par la fabrication du gâteau et le don de l'anneau, le conte est aussi un traité d'éducation à l'amour, à l'usage des filles.

Le jeu des moralités

Les cinq moralités finales sont décevantes et conventionnelles par rapport aux significations profondes du conte. Mais Perrault n'est pas un moraliste. Avec ces moralités qui se superposent les unes aux autres et qui contiennent chacune sous une forme allu sive une part de vérité, il laisse à ses lecteurs le plaisir de construire eux-mêmes le sens.

REPÈRES POUR LA LECTURE DES ILLUSTRATIONS

Conventions et mièvreries

Doré ici n'illustre pas Perrault mais une version en prose qui moralise le sens du conte. Dans cette version, le roi n'est pas responsable de son désir : la faute revient à ses conseillers (ill. 31) et à un druide (ill. 32). Disparaissent épisodes merveilleux et objets symboliques : l'âne (remplacé par un mouton, ill. 34), les robes (qui montraient l'ambiguïté des rapports de la jeune fille à son père), l'anneau (et le prince), ainsi que l'épisode si troublant de la peau d'âne qui humilie l'héroïne. À la place, Doré propose l'image mièvre et conventionnelle d'une victime innocente (ill. 34) ou d'une bergère érotisée (ill. 35).

Un château symbolique et fantastique

Comme chez Perrault, l'héroïne va chercher l'aide de sa marraine (ill. 33 → ANNEXES, p. 139). Doré compose ici un tableau fantas tique.

La lune découpe au fond la façade sombre du château et éclaire de quelques reflets la silhouette fuyante de l'héroïne au premier plan. Ce château menaçant (voir aussi la végétation) symbolise le pouvoir du père et l'horreur de l'inceste.

Une fête féerique

Doré illustre l'arrivée des rois de tous les pays au mariage de Peau d'âne (ill. 36 → ANNEXES, p. 140). Aux éléphants de Perrault, il ajoute des dromadaires, des autruches, des crocodiles, des oiseaux fabuleux, des équipages orientaux, et ne se soucie d'aucune proportion (personnages minuscules, à moitié humains). La féerie chez Doré passe souvent par l'illustration des fêtes.

LA BELLE AU BOIS DORMANT

RÉSUMÉ

Un roi et une reine oublient d'inviter au baptême de leur fille une vieille fée qui jette sur l'enfant une malédiction atténuée par une fée plus jeune : la princesse se piquera la main à un fuseau, s'endormira pour cent ans et sera réveillée par un prince. « Quinze ou seize ans » après (p. 132), la prédiction se réalise; cent ans plus tard, un jeune prince réveille la Belle. Ils s'épousent secrètement et ont deux enfants. Ce n'est qu'à la mort de son propre père que le prince déclare ce mariage. Partant à la guerre, le nouveau roi confie sa femme et ses enfants à sa mère. Mais celle-ci qui est de « race Ogresse » (p. 137) tente de les dévorer. Au retour du roi, elle se jette dans la cuve remplie de reptiles qu'elle destinait à ses victimes. Le roi, « fâché » de cette mort, « s'en consola bientôt avec sa belle femme et ses enfants » (p. 140).

REPÈRES POUR LA LECTURE DU CONTE

La symbolique du conte

On ne retient souvent de ce conte que sa première partie, la plus poétique et la plus symbolique : il est dit aux jeunes filles qu'un prince viendra qui les rendra à la vie. Mais la deuxième partie est nécessaire pour compléter la signification : l'éveil à la sexualité, la vie amoureuse ne sont possibles qu'en se débarrassant de l'influence néfaste des parents (négligence et surprotection de ceux de la Belle, jalousie cannibale de la mère du prince).

Un conte qui finit bien?

Le prince n'est-il pas, par sa mère, lui-même un ogre? Pourquoi a-t-il confié sa femme et ses enfants à sa mère alors qu'il connaissait ses penchants? Mais alors qu'est-ce qui attend exactement la Belle et ses enfants? La fin heureuse, qui définit les contes de fées, pourrait en réalité ouvrir sur un nouveau cycle de violences.

L'humour de Perrault

Perrault fait des références constantes à son époque, renvoyant ainsi la féerie atemporelle du conte à des réalités prosaïques, sources d'anachronismes (voir notamment le clin d'œil à la robe démodée de la princesse après son sommeil de cent ans, p. 136). Il joue avec le merveilleux en le caricaturant (voir l'équipage de la jeune fée, p. 133) et fait du conte un jeu au second degré.

REPÈRES POUR LA LECTURE DES ILLUSTRATIONS

Le temps suspendu

Doré se concentre sur la partie la plus symbolique du conte (de l'endormissement au réveil). Scène glaçante notée rapidement chez Perrault (p. 135), l'épisode du château endormi traversé par le prince est développé par Doré (ill. 20 et ill. 21 → ANNEXES p. 135) en une représentation poétique du temps suspendu (corps surpris par le sommeil, toiles d'araignée, végétation envahissante qui exploite le titre du conte).

L'aventure du prince

Le prince est le héros de l'histoire chez Doré. Il accomplit l'aventure qui consiste à réveiller la Belle : son arrivée est accompagnée par la lumière (ill. 22 → ANNEXES, p. 136). Doré explicite le symbolisme du bois : la barrière végétale (ill. 18) protège la virginité de la Belle durant son sommeil et ne s'ouvre que pour le prince (ill. 19). Il découvre la Belle, allongée dans la lumière, qui n'attendait que lui (ill. 22 → ANNEXES, p. 136). Un rêve de garçon...

Le fuseau et le corbeau

Doré représente le moment où la princesse s'apprête à se piquer au fuseau (ill. 17 → ANNEXES, p. 134). Elle avance sa main sous le regard d'un corbeau qui annonce les conséquences funestes de ce geste. Doré introduit ainsi le temps et l'action dans la composition de son image.

LE PETIT CHAPERON ROUGE

RÉSUMÉ

Une « petite fille de Village » (p. 143) est envoyée chez sa grand-mère. En chemin, elle rencontre le loup, qui l'interroge sur sa destination. Prenant le chemin le plus court, il arrive le premier, dévore la grand-mère et se couche dans son lit. À son tour, le petit chaperon rouge tombe dans le panneau : après s'être déshabillée, elle se couche dans le lit et le loup la dévore.

REPÈRES POUR LA LECTURE DU CONTE

Un conte d'avertissement?

Le plus célèbre des contes de Perrault est un conte d'avertissement. Ce genre appartient à la tradition orale et veut que le récit se termine mal. Il avertit les enfants de se méfier du loup, menace réelle dans les campagnes du XVIIe siècle et symbole du mal. Le conte est surtout une allégorie encourageant les filles à se méfier des séducteurs (voir la moralité) mais aussi peut-être à découvrir la sexualité. Le génie de ce conte tient à ses ambiguïtés.

Le style des contes pour enfants

Perrault trouve ici la formule stylistique des contes pour enfants. Le récit est simple (deux épisodes symétriques), il repose sur une progression dramatique (destinée à effrayer les enfants) et le lecteur s'identifie à la victime innocente. Perrault imite la narration orale par des répétitions et une « formulette » aux sonorités poétiques (« Tire la chevillette, la bobinette cherra », p. 144).

Une grand-mère ogresse

Ce conte est aussi l'histoire d'une petite fille qui venue se coucher auprès de sa grand-mère voit celle-ci transformée en bête féroce. On notera aussi que c'est la grand-mère qui a confectionné cette coiffe de couleur rouge si attrayante pour les loups. Et que dire de cette mère qui envoie sa fille dans les bois sans la prévenir du danger qui rôde? Mais c'est que cette mère est « folle » de sa fille et « sa mère-grand plus folle encore » (p. 143). Chez Perrault, les enfants se passeraient bien de l'amour fou que leur portent leurs parents.

REPÈRES POUR LA LECTURE DES ILLUSTRATIONS

La dramatisation par l'image

Doré sélectionne les trois actions essentielles du conte. Il raconte ainsi le récit en images. Dans les illustrations 3 (→ ANNEXES, p. 129) et 4, il saisit l'action juste avant la dévoration et crée ainsi un effet dramatique intense. L'illustration 4 est un véritable arrêt sur image qui fait voir le mouvement : le loup se précipite sur la grand-mère qui recule, ses lunettes, la tabatière, le tabouret tombent, le chat se précipite sous le lit.

Représentations équivoques

Le génie de Doré est d'avoir gardé l'ambiguïté du conte. Le loup reste un animal mais la manière dont il entoure par le mouvement de son corps celui de la fille évoque le séducteur, dans une image insolite qui rassemble l'animal et l'humain (ill. 6 → ANNEXES, p. 131). Le petit chaperon rouge tient autant de la fillette que de la femme (ill. 3 → ANNEXES, p. 129) : visage poupon mais cheveux dénoués et bras nus, drap timidement tiré, dans une scène qui évoque un drame érotique.

La signature de Doré : regards et rideaux

Tout passe par les regards. Dans la scène du lit (ill. 3 → ANNEXES, p. 129), le regard fixe et absent du loup ouvre sur des profondeurs abyssales. Celui de la fillette est tout à la fois fasciné et terrorisé. On reconnaît ces yeux écarquillés : ils sont partout dans les contes. Dans les trois images, on remarque aussi la présence de rideaux (feuillages, rideaux de chambre ou les deux à la fois : ill. 4). C'est une signature de Doré et on les trouve aussi partout.

LA BARBE BLEUE

RÉSUMÉ

Un homme très riche mais qui a la barbe bleue fait horreur aux femmes. Il parvient grâce à son argent à se marier. Au bout d'un mois, il part en voyage et interdit à sa jeune épouse d'ouvrir la porte d'un mystérieux cabinet dont il lui donne la clé. La femme brave l'interdiction et découvre les cadavres des épouses précédentes : la clé tombe dans le sang qui ne peut plus s'effacer. À son retour, la Barbe bleue découvre la trahison de sa femme et s'apprête à l'égorger. Les deux frères de cette dernière arrivent à temps pour tuer le mari. La veuve se remarie et fait le bonheur de sa famille.

REPÈRES POUR LA LECTURE DU CONTE

Une histoire terrifiante

Ce conte use de tous les ressorts pour séduire les enfants (présence du merveilleux et de formulettes poétiques devenues célèbres : « Anne, ma sœur Anne, ne vois-tu rien venir ? », « Je ne vois rien que le Soleil qui poudroie, et l'herbe qui verdoie », p. 152-153) en les terrorisant (la barbe bleue). La fin entretient un suspense dramatique intense sur l'issue de l'histoire jusqu'à l'intervention héroïque des deux cavaliers.

Le conte cruel d'un *serial killer*

Mais le conte ouvre aussi sur des terreurs d'adultes qui se concentrent dans la « chambre interdite » et dans la vision cauchemardesque des corps attachés des femmes mortes se mirant dans le sang caillé (p. 151). C'est le lieu du tabou, où s'accomplit le rituel barbare de la Barbe bleue, époux monstrueux, se mariant pour punir les femmes de le terroriser (on retrouve ainsi, sous une forme cachée, le thème de *Griselidis*).

La comédie de Perrault

Comme toujours, Perrault actualise le récit : il place l'action dans une luxueuse demeure bourgeoise, en décrit le mobilier, écrit comme dans une nouvelle galante, créant ainsi un comique de décalage. La première moralité réduit le conte aux dangers de la curiosité, la seconde ironise sur les femmes modernes qui mènent leur mari par le bout du nez. Autant de techniques et de plaisanteries pour atténuer le caractère inquiétant de ce conte.

REPÈRES POUR LA LECTURE DES ILLUSTRATIONS

De la menace à la chambre interdite

L'opposition des regards (yeux exorbités de la Barbe bleue dévisageant sa femme qui les baisse) et des gestes (doigt levé, petites mains blanches s'emparant de la clé) annonce le drame à venir (ill. 39 → ANNEXES, p. 141). Doré fait de la Barbe bleue une créature de cauchemar, en se concentrant sur son regard, sa barbe et ses vêtements. Il repeint la demeure bourgeoise de Perrault aux couleurs du fantastique (ill. 40 → ANNEXES, p. 142) : opposition entre la petitesse des jeunes filles et la démesure d'objets menaçants. Cette scène mystérieuse suggère en réalité une autre scène (c'est le rôle des rideaux) que Doré ne représentera pas, celle de la « chambre interdite ».

Le dénouement : un cinéma d'action

En deux images prises en extérieur, Doré représente le dénouement en un véritable cinéma d'action : cadrage sur les cavaliers lâchés à toute bride vers le château (ill. 41), mouvement des corps dans la scène de l'assassinat (ill. 42 → ANNEXES, p. 143).

LE MAÎTRE CHAT OU LE CHAT BOTTÉ

RÉSUMÉ

Un meunier a trois fils. À sa mort, il laisse au troisième un dérisoire héritage : un chat. Pour éviter d'être mangé, ce dernier propose ses services à son maître et lui demande une paire de bottes. Grâce à une série de ruses du chat (dons de gibier au roi, épisode de la noyade), le jeune homme sous le titre de marquis de Carabas entre en contact avec le roi et sa fille et obtient un habit luxueux.

En deux nouveaux épisodes (menaces aux paysans et tour aux dépens de l'ogre), le marquis devient maître d'un château et d'un immense domaine. Il épouse la princesse et le chat devient un grand seigneur.

REPÈRES POUR LA LECTURE DU CONTE

La conquête du pouvoir

Dans les contes merveilleux, l'animal est un auxiliaire magique du héros. Ici le merveilleux est remplacé par la ruse, et l'auxiliaire est le véritable héros. Certes, le fils du meunier épouse la princesse mais il n'a rien fait pour. Le maître ne voit pas plus loin que le bout de son nez (manger le chat), le chat est rusé (il lui propose d'attendre).

Jouant humoristiquement sur la double nature du chat (à la fois homme et animal), ce conte ironique et farceur enchaîne les tours sur un rythme endiablé et fait triompher le héros faible mais rusé sur ses adversaires puissants mais bêtes (le fils du meunier, l'ogre, le roi). Le chat est le maître de ses maîtres : « Maître Chat ». Il est aussi un fin politique : on ne s'oppose pas frontalement au pouvoir quand on est un faible, on le prend à son propre piège. C'est la leçon de l'histoire, fort peu morale il est vrai.

REPÈRES POUR LA LECTURE DES ILLUSTRATIONS

Le triomphe du chat

Dans l'illustration 26 (→ ANNEXES, p. 138), qui reprend un épisode central du conte, la composition en diagonale (rivage, feuillage) met en lumière le chat au détriment du marquis dans la pénombre. Chez Doré, le chat est bien le seul héros du conte, présent dans toutes les illustrations.

Un étrange chat

Doré parvient à représenter un chat humain par des détails vestimentaires (bottes, ceinturon, cape, panache) et sa posture (debout, pattes dressées), et surtout par cette « jambe » légèrement avancée et posée élégamment sur le sol, qui lui donne à la fois une allure de gentilhomme (les moustaches) et féminine. Ce chat est décidément un être bien étrange : à la fois homme et animal, et androgyne.

Une salade de bébés

Chez Perrault, ni la manière dont l'ogre reçoit le chat ni la collation qu'il prépare pour ses amis ne sont décrites. On pouvait faci lement imaginer. C'est ce que fait Doré (ill. 29) : il représente entre autres une jolie salade de bébés. L'effet est comique, il vise à amuser le spectateur plus qu'à le terrifier. De même est burlesque la présence d'une souris à la ceinture du chat, qui rappelle sa vraie nature (ill. 26 → ANNEXES, p. 138).

LES FÉES

RÉSUMÉ

Une veuve a deux filles, l'aînée aussi désagréable qu'elle, la cadette dotée de toutes les qualités mais maltraitée. Envoyée puiser de l'eau à la fontaine, la cadette rencontre une vieille femme (une fée) qui lui demande à boire et qui pour la remercier lui fait le don d'expulser roses et diamants à chacune de ses paroles. La mère envoie alors l'aînée à la fontaine; elle répond grossièrement à la fée déguisée cette fois en princesse : elle recrachera vipères et crapauds. La cadette s'enfuit dans la forêt où elle rencontre un prince qui l'épousera, l'aînée est chassée par sa mère et mourra au coin d'un bois.

REPÈRES POUR LA LECTURE DU CONTE

Un conte parfaitement symétrique

Ce conte sobre et limpide repose sur une parfaite symétrie (inversée) entre les séquences dévolues aux deux sœurs. Nous avons là en résumé l'esprit même des contes de fées, où la féerie récompense le bon et punit le méchant.

La revanche de la cadette ou l'honnêteté récompensée

L'héroïne est méprisée au profit de sa sœur. Très proche de *Cendrillon*, ce conte traite des problèmes de la fratrie et s'achève sur la revanche du cadet, du faible. Nul doute que ce conte parle aux enfants qui s'identifient à la pauvre héroïne. La seconde moralité énonce clairement que « l'honnêteté » est toujours récompensée (p. 167).

Entre poésie et ironie

Qu'y a-t-il de plus poétique qu'une jeune fille dont les paroles sont des roses? Le problème est que Perrault y a ajouté des pierres précieuses et qu'une fois encore il semble ironiser sur la féerie en en faisant un instrument bassement matériel. Le prince ne s'y trompe pas, qui ne décide d'épouser la jeune fille qu'après avoir compris l'intérêt qu'on pouvait tirer de ce don. Amenée à la cour du roi, ne sera-t-elle pas un nouvel âne d'or?

REPÈRES POUR LA LECTURE DES ILLUSTRATIONS

Une vieille femme ambivalente

L'illustration de ce conte ne semble présenter au premier abord aucun intérêt : Doré représente les deux moments essentiels de l'histoire de l'héroïne (la scène de la fontaine puis la rencontre du prince) en deux images assez mièvres inspirées par l'imagerie populaire (ill. 37 et 38). On s'intéressera dès lors à la représentation de la vieille femme : assise au fond, recouverte d'une cape, elle ressemble plus à une sorcière qu'à une fée. C'est là toute l'ambivalence des vieilles femmes, chez Doré comme chez Perrault, tour à tour victimes et jeteuses de sorts, bonnes et mauvaises fées. Et c'est l'ambivalence même des contes et de leurs illustrations : la première de ces vieilles femmes n'est-elle pas la conteuse elle-même?

CENDRILLON OU LA PETITE PANTOUFLE DE VERRE

RÉSUMÉ

Un gentilhomme a une charmante jeune fille. Il épouse en secondes noces une femme désagréable qui a deux filles à son image. Toutes trois accablent la jeune fille de toutes les besognes et la nomment Cendrillon. Le fils du roi donne un bal. Cendrillon, grâce à l'aide de sa marraine (une fée) qui lui donne l'apparence d'une princesse, obtient de s'y rendre, à condition ne pas dépasser minuit. Le prince tombe amoureux d'elle. Le lendemain, elle retourne au bal, mais cette fois elle prend la fuite à la dernière minute en laissant échapper sa pantoufle de verre. Le prince annonce qu'il épousera sa propriétaire. Toutes les femmes du royaume essaient de la chausser mais seule Cendrillon y parvient. Elle épouse le prince et pardonne à ses demi-sœurs.

REPÈRES POUR LA LECTURE DU CONTE

Un conte féminin merveilleux

Ce conte parfait allie la magie du merveilleux (la baguette magique, les métamorphoses) à une grande richesse symbolique. C'est un rêve de jeunes filles : celui du prince charmant qui vient révéler aux yeux du monde leur vraie valeur. L'héroïne devient femme en passant des cendres (symbole du deuil et du foyer paternel) aux parures (les robes symbolisent la séduction et l'ouverture à l'autre); la pantoufle de verre (symbole érotique) réunit les amants.

Le jeu avec le merveilleux

Mais Perrault s'amuse aussi. Dans la scène des métamorphoses notamment, il joue avec le merveilleux par des correspondances comiques (ainsi les lézards donnent des laquais, lesquels étaient réputés pour leur fainéantise).

Cendrillon : innocente ou rusée?

La moralité affirme que la gentillesse l'emporte sur la beauté. Certes. Mais Cendrillon n'est peut-être pas si innocente. Comme Poucet, elle subit la violence familiale et ruse pour réussir : elle veut aller au bal, elle pleure; elle veut le prince, elle oublie sa pantoufle. Mais à la différence des cadets des contes populaires, Cendrillon n'est pas une fille du peuple : ses ruses sont celles d'une coquette qui aime être admirée et d'une bourgeoise qui veut faire un beau mariage.

REPÈRES POUR LA LECTURE DES ILLUSTRATIONS

Des illustrations sans magie

Doré semble avoir été bien peu sensible à la magie de ce conte. Aucun merveilleux dans ses illustrations qui reprennent pourtant les trois moments essentiels de l'aventure de Cendrillon. À chaque fois il transpose le décor dans un univers très prosaïque. Tout au plus recompose-t-il un passé de fantaisie en mélangeant les références à différents siècles (le XVIe et le XVIIe siècles notamment) et en ajoutant des éléments extravagants (les immenses collets montés des femmes ou l'hidalgo comique qui dépasse tout le monde d'une tête, ill. 24).

Une version désenchantée du conte de Perrault

Globalement, l'histoire chez Doré devient désespérante. La scène de bal n'est pas une fête; Cendrillon apparaît au milieu d'une foule de vieux messieurs inquiétants (le prince en tête) qui se pressent autour d'elle (ill. 24) ou qui contemplent avec lubricité son pied nu (ill. 25 → ANNEXES, p. 137). Avec Doré, Cendrillon devient l'histoire d'une jeune fille sacrifiée pour le plaisir de vieillards.

RIQUET À LA HOUPPE

RÉSUMÉ

Une reine accouche d'un fils particulièrement laid, mais plein d'esprit. Une fée offre alors à l'enfant le don de rendre intelligente la personne qu'il aimera.

La reine d'un royaume voisin accouche de deux filles, la première merveilleusement belle et très sotte (mais qui obtient de la même fée le don de rendre beau celui qu'elle aimera), la seconde très laide et très intelligente.

Riquet tombe amoureux de la belle princesse et obtient la promesse d'un mariage en lui proposant de lui donner de l'esprit. Au bout d'un an, la belle princesse devenue intelligente hésite à épouser le vilain Riquet, qui lui révèle alors qu'elle a le don de transmettre la beauté. La princesse le transforme aussitôt. Le mariage a lieu.

Le triomphe de l'amour sur la féerie

Le thème du crapaud métamorphosé par le baiser d'une princesse ou celui de la Belle et la Bête appartiennent à la tradition populaire. Dans d'autres versions de la même histoire, Riquet est roi des gnomes et il a une dimension satanique. Dans celle de Perrault, on trouve cela seulement dans l'épisode des préparatifs de la noce, où la terre s'ouvre pour laisser sortir les rôtisseurs (p. 185). Pour le reste, le personnage de Perrault n'a plus rien de surnaturel, dans un conte qui conteste même l'existence de la féerie.

Car certes les deux héros héritent de dons. Mais c'est moins la féerie qui transforme Riquet et la princesse que l'amour (p. 187). Dans ce conte proche d'une allégorie galante, le surnaturel est remplacé par le miracle de l'esprit et du sentiment. C'est le sens des deux moralités (p. 188).

La disparition de la jumelle

En chemin le conte oublie la jumelle, qui disparaît. Le genre du conte exige pourtant de faire un sort à tous les personnages. Perrault l'aurait-il oubliée ou serait-il obsédé par la gémellité, lui qui est né jumeau et dont le frère est mort à six mois[1] ?

REPÈRES POUR LA LECTURE DES ILLUSTRATIONS

Une scène romantique

En bon romantique, Doré ne pouvait qu'illustrer la scène infernale et festive où les rôtisseurs sortent de terre (ill. 30). Doré habille les deux héros de costumes Renaissance, et les cuisiniers à la mode médiévale sont comme dans les tableaux de Breughel d'étranges créatures. Chargés de toutes sortes de victuailles, ils

1. Nous empruntons cette analyse à Marc Soriano (*Les Contes de Perrault : culture savante et traditions populaires*, Paris, Gallimard, coll. « Tel », 1989).

sortent de terre et serpentent de droite à gauche puis de gauche à droite pour rejoindre au fond du bois la table du festin. Cette composition fait du mouvement des personnages une danse (certains sont accroupis, d'autres debout), Doré évoquant ainsi la « Chanson harmonieuse » dont parle Perrault (p. 185).

LE PETIT POUCET

RÉSUMÉ

Un bûcheron et une bûcheronne ont sept enfants. Pauvres, ils décident de s'en débarrasser en les perdant dans la forêt. Une première fois, les enfants s'en sortent grâce à la ruse du petit Poucet, qui a semé des cailloux blancs pour retrouver le chemin de la maison. La deuxième fois, la ruse échoue : il n'a pu semer que des miettes de pain, qui ont été mangées par les oiseaux. Perdus, les enfants se dirigent vers une maison, où vit un ogre. Durant la nuit, l'ogre tente de les égorger mais grâce à la ruse du petit Poucet, il s'en prend par erreur à ses sept filles. Fou de rage, l'ogre poursuit les enfants. Le petit Poucet lui vole ses bottes de sept lieues puis ses richesses.

Perrault achève l'histoire en rapportant une autre version de la fin, dans laquelle le petit Poucet fait la fortune de sa famille en devenant messager du roi et de sa cour.

REPÈRES POUR LA LECTURE DU CONTE

La victoire du cadet

Dans ce conte, une fois encore les parents sont indignes. Une fois encore le plus faible est le souffre-douleur de la fratrie. Mais c'est pourtant lui qui par sa ruse sauve ses frères et fait la fortune de tous (voir la moralité). Ce récit illustre plus que les autres un thème central chez Perrault, celui de la violence familiale.

Un récit d'angoisse

Perrault élabore un vrai récit d'angoisse en créant une intense progression dramatique (abandon, perte dans la forêt, nuit, maison de l'ogre) fondée sur des rebondissements terrifiants. C'est peut-être le conte le plus fantasmatique parce qu'il touche aux angoisses fondamentales de l'enfance.

Le contrepoint burlesque

En contrepoint, des notations comiques se mêlent à cette voix dramatique, comme pour atténuer l'émotion. Perrault joue par exemple avec la nature fictive du conte : le deuxième dénouement serait ainsi plus juste que le premier parce qu'il reposerait sur le témoignage de gens ayant mangé chez le bûcheron (p. 199).

REPÈRES POUR LA LECTURE DES ILLUSTRATIONS

Une mise en scène à grand spectacle

Ce conte est le plus illustré par Doré. Dans une mise en scène à grand spectacle qui reprend les épisodes marquants, Doré emploie tous les registres : dramatique et fantastique surtout, mais aussi pathétique (ill. 7), ou comique (les ustensiles de cuisine à la ceinture de l'ogre, ill. 16 → ANNEXES, p. 133) ; il varie scènes d'intérieur et d'extérieur, plans éloignés (ill. 8) ou gros plans (ill. 15), s'inspire de l'imagerie populaire (ill. 7) ou des grands peintres hollandais du XVIIe siècle (ill. 5 → ANNEXES, p. 130).

Représenter l'angoisse : la forêt et l'ogre

Quatre images (ill. 8, 9 → ANNEXES, p. 132, 10 et 12) ont pour décor la forêt, qui symbolise la terreur des enfants, la menace du mal, la difficulté de l'aventure. Doré s'inspire des forêts romantiques rhénanes pour lui donner une dimension fantastique. Il dramatise les scènes en éclairant systématiquement les enfants, créant ainsi un contraste avec l'ombre de la forêt qui les menace. La scène où l'ogre s'apprête à égorger ses fillettes (ill. 15) concentre toute la violence des illustrations de Doré (yeux de fou exorbités, veines saillantes qui contrastent avec la douceur pouponne des enfants).

L'identification au petit Poucet

Le lecteur-spectateur s'identifie aux enfants qui sont représentés écrasés par la forêt ou par les dimensions des adultes (ill. 14). Doré ne cherche aucun réalisme dans les proportions entre personnages : ses images sont symboliques. Minuscule, le petit Poucet est toujours représenté seul ou à l'écart de ses frères (ill. 8 et 9 → ANNEXES, p. 132). C'est qu'il doit accomplir seul sa mission. Nul doute que Doré s'est identifié à ce combat de David contre Goliath (ill. 16 → ANNEXES, p. 133).

DEUXIÈME PARTIE

Problématiques essentielles

ill. 1

Frontispice de l'édition originale des contes de Perrault illustrés par Gustave Doré (*Contes*, 1862).
« La lecture des contes en famille »

1 Charles Perrault, le moderne

Charles Perrault est-il seulement l'auteur de contes ? On pourrait le penser, tant leur immense succès a fait oublier l'existence d'une œuvre importante et célèbre à son époque, mais qu'on ne lit guère aujourd'hui. Cette situation est surprenante car ces contes ne furent dans la carrière de l'écrivain qu'une production tardive. Plus étonnant encore : Perrault ne se présenta pas comme l'auteur des contes en prose lors de leur publication. Il n'en revendiqua jamais la paternité, qu'il délégua à son fils, et se présenta tout au plus comme un simple initiateur. Et pourtant ces contes jouent un rôle essentiel dans le plus important débat esthétique et idéologique du XVIIe siècle, la querelle des Anciens et des Modernes. Ce qui nous conduit à un paradoxe : ces contes prétendument « naïfs » ou « mineurs », que l'histoire et le public rangent volontiers dans la catégorie des contes pour enfants n'ont rien, dans le contexte du XVIIe siècle, de l'innocence qu'on leur prête. Ils obéissent à une stratégie littéraire et s'inscrivent dans une œuvre conçue tout entière comme une machine idéologique.

DES ANNÉES DE FORMATION À LA CARRIÈRE POLITIQUE

Charles Perrault est né à Paris en 1628. Il est le cadet d'une famille de sept enfants. Son frère jumeau, François, mourra à l'âge de six mois. La famille Perrault (le père est avocat au parlement de Paris) appartient à la grande bourgeoisie qui depuis la fin du XVIe siècle s'élève dans l'échelle sociale. Cette conquête est toutefois fragile et constamment remise en cause par l'aristocratie et le pouvoir central. Dans ce contexte, les grandes familles bourgeoises tendent à se constituer en clans : les décisions s'y prennent en famille et sont propres à leur classe sociale. Ainsi en est-il de la famille Perrault.

Le clan Perrault

Cette culture de classe se manifeste notamment dans l'éducation des enfants et dans les options religieuses de la famille. Les principes éducatifs de Perrault père sont humanistes, ils reposent sur la confiance dans le progrès des connaissances, le refus des superstitions populaires et le retour à la lecture des Évangiles.

En 1643, Charles pourtant brillant élève, abandonne ses études et quitte le collège. Il poursuit alors en autodidacte une formation littéraire et culturelle, et obtient une licence de droit en 1653 qui le destine au métier d'avocat. Cette formation menée à l'écart des méthodes prônées par les institutions scolaires témoigne de l'indépendance d'esprit du jeune Perrault et du clan familial.

Les première œuvres : de la poésie burlesque à la poésie galante

Cette indépendance et cette culture bourgeoise se manifestent dans les premières œuvres de Perrault. En 1644 puis en 1653, il compose avec ses frères deux poèmes burlesques, *L'Énéide travestie* et *Les Murs de Troie*. Le burlesque est à la mode, grâce notamment au *Virgile travesti* de Scarron (1648). Il consiste alors à tourner en dérision la littérature de l'Antiquité en se moquant de son ton épique et des héros qu'elle célèbre. L'humour restera une des caractéristiques majeures du style de Perrault.

En 1654, Charles abandonne le métier d'avocat. Il fréquente les salons, qui sont au XVIIe siècle les centres de la vie mondaine et artistique : on y pratique des jeux littéraires à partir de genres imposés où il faut rivaliser d'esprit et de grâce. La poésie galante y est à la mode : on développe sous une forme raffinée (précieuse), plaisante et allégorique, des sujets touchant à l'amour, l'esprit ou le sentiment. Perrault écrit dans cette veine un *Dialogue de l'amour et de l'amitié* (1660).

Au service de la politique culturelle de Louis XIV

À la fin des années 1650, la famille Perrault se rallie clairement au régime politique. Pierre devenu receveur des finances, introduit son frère Charles auprès de Colbert qui va diriger la politique culturelle de la monarchie. En 1661, Louis XIV commence à régner. Il entend affirmer la toute-puissance de la monarchie absolue par la glorification de sa personne. Cette politique passe par la mise au pas des artistes : leurs réalisations doivent célébrer la grandeur de son règne.

Pendant plus de vingt ans, Perrault sera l'un des artisans essentiels de cette véritable propagande culturelle. Il compose des poèmes et des discours à la gloire du roi et de sa politique. En 1663 il devient commis de Colbert puis secrétaire de la « petite académie ». En 1672 il est promu « contrôleur général des bâtiments et jardins, arts et manufactures de France » ainsi que « chancelier de l'Académie française », chargée de moderniser et de fixer l'orthographe. Perrault sera l'instigateur de très nombreuses réformes linguistiques et deviendra en 1681 le directeur de l'Académie. Convaincu de la supériorité de son époque sur les précédentes, Perrault aura donc été sur tous les fronts pour enrichir le siècle de Louis XIV.

PERRAULT AU CŒUR DE LA QUERELLE DES ANCIENS ET DES MODERNES

Ce soutien apporté au régime ne le mettra pas pour autant a l'abri. En effet, au début des années 1680, la carrière de Perrault va être brusquement interrompue. Colbert, irrité par les intrigues mais aussi le caractère polémique de son protégé, le congédie en 1682 : Perrault perd tour à tour ses différentes charges, à l'exception de son poste à l'Académie française. Toutefois, l'écrivain ne se résigne pas et va contre-attaquer en déclenchant depuis l'Académie la fameuse Querelle.

Cette querelle oppose les partisans d'une imitation des modèles de l'Antiquité et les partisans d'une émancipation à leur égard. Le 27 janvier 1687 est lu à l'Académie française le poème de Charles Perrault, *Le Siècle de Louis le Grand*. Prenant le prétexte d'une nouvelle célébration du roi, Perrault écrit : « La belle Antiquité fut toujours vénérable/ Mais je ne crois jamais qu'elle fut adorable/ [...] Et l'on peut comparer sans craindre d'être injuste/ Le siècle de Louis au beau Siècle d'Auguste. » La Fontaine, Racine, Boileau, qui sont du côté des Anciens, assistent à la lecture. La Querelle est lancée et va mobiliser tous les intellectuels de l'époque pendant près de dix ans, en particulier Perrault et Boileau, à coup de traités, de satires et de coups bas.

Il ne s'agit pas d'une simple querelle de personnes ou d'« écoles ». Les enjeux pour Perrault sont d'abord politiques : soutenir la production contemporaine, c'est forcément soutenir le régime et placer ainsi les Anciens pourtant majoritaires dans une forme de dissidence par rapport au pouvoir. Les enjeux sont aussi culturels : Perrault aborde dans les quatre tomes de son *Parallèle des Anciens et des Modernes* (1688-1697) tous les domaines de l'activité humaine, non pas pour dénigrer systématiquement l'Antiquité, mais pour l'évaluer et l'adapter de façon à fonder une culture proprement nationale : une culture « moderne ».

LES CONTES, UN GENRE MODERNE

La publication des contes et la Querelle

C'est dans ce contexte que Perrault écrit ses contes, comme un prolongement à la Querelle. Leur publication est d'ailleurs totalement imbriquée dans celle-ci : *Griselidis* paraît sans nom d'auteur en 1691 ; le troisième tome du *Parallèle* consacré à la littérature en 1693, et la même année paraissent *Les Souhaits ridicules*. En 1694 ces deux premiers contes sont regroupés avec *Peau d'âne* pour former les *Contes en vers*, augmentés d'une préface en 1695; la même année, un manuscrit d'apparat[1] intitulé *Contes de ma mère Loye*, composé des cinq premiers contes en prose de notre recueil, est « offert » à « Mademoiselle », la nièce de Louis XIV. En 1697 sont publiées les *Histoires ou Contes du temps passé* comportant cette fois huit contes précédés d'une même épître dédicatoire[2] à « Mademoiselle »[3]; la même année est publié le quatrième tome du *Parallèle*.

La préface de 1695 a d'ailleurs des accents polémiques et peut être lue comme un manifeste en faveur des Modernes. Elle montre que pour Perrault le conte n'était pas un genre mineur, mais au contraire très stratégique. Avec le conte, l'ambition de l'écrivain était d'inventer un genre moderne par excellence : à la fois national et moral.

Un genre national et moral

Perrault affirme en effet dans cette préface que la spécificité des contes est de puiser aux sources du folklore français, et revendique un imaginaire national qui ne doit rien à la mythologie antique. Les partisans des Anciens se moquent de ces « contes de ma mère l'Oye » sous prétexte qu'ils sont absurdes et racontés à des enfants par leurs nourrices. Mais pour Perrault le merveilleux du folklore populaire n'est pas plus invraisemblable que celui de la mythologie. Et à tout prendre, mieux vaut le merveilleux national, supérieur par son inspiration chrétienne et parce qu'il transmet la sagesse naïve des gens du peuple.

Ainsi la deuxième qualité essentielle des contes populaires français est leur moralité. Perrault reproche en effet aux fables des

1. *Manuscrit d'apparat :* édition luxueuse destinée à des bibliothèques privées.
2. *Épître dédicatoire :* lettre par laquelle on dédie un livre à quelqu'un.
3. On voit donc que le recueil des onze contes que nous étudions n'a en fait jamais existé du vivant de l'auteur. Il est le résultat tardif (1781) de la juxtaposition des deux recueils des *Contes en vers* et des *Histoires ou Contes du temps passé.*

Anciens de n'avoir « été faites que pour plaire sans égard aux bonnes mœurs qu'ils négligeaient beaucoup. Il n'en est pas de même des contes que nos aïeux ont inventés pour leurs Enfants [...]; ils ont toujours eu un très grand soin que leurs contes renfermassent une moralité louable et instructive » (p. 51).

La préface de 1695, écrite l'année de la mort de La Fontaine, est alors l'occasion pour Perrault de prendre ses distances vis-à-vis de celui qui fut tout à la fois un modèle et un adversaire. Car si les *Fables* sont aussi des « histoires pour enfants » qui renferment une « morale utile » sous une forme plaisante, elles sont, et c'est leur faiblesse, inspirées par Ésope, poète de l'Antiquité. Quant aux propres contes de La Fontaine, *Psyché* par exemple, Perrault prétend qu'il est impossible d'y trouver une signification morale (voir p. 50-51). Perrault se sert ainsi des « fables » de son frère ennemi pour définir et montrer la supériorité de ses contes. Le message est clair : aux fables anciennes de La Fontaine doivent répondre désormais les contes modernes de Perrault.

APRÈS LES CONTES

L'œuvre littéraire de Perrault se poursuit après la publication des contes, dans les différentes directions, politique, religieuse, historique, qui furent les siennes jusque-là. Il n'écrit plus de contes mais traduit en 1699 les *Fables* de Faerne qui lui permettent de poursuivre la veine pédagogique et de rivaliser une fois encore avec La Fontaine. La même année il commence à travailler sur les *Mémoires de ma vie*, destinés à ses enfants et neveux. En 1700, il publie le deuxième tome de ses *Hommes illustres*, commencé en 1696. Perrault meurt à Paris dans la nuit du 15 au 16 mai 1703.

Les dernières années de sa vie furent assombries par un événement dramatique. En avril 1697, son fils Pierre, le prétendu auteur des contes en prose (→ PROBLÉMATIQUE 3, p. 45), âgé alors de dix-neuf ans, est impliqué dans une affaire sanglante : il tue à l'épée un de ses voisins, âgé de seize ans. Puis il s'engage comme lieutenant dans l'armée et il y est tué en 1699. Ainsi l'histoire de ces contes écrits en l'honneur de l'enfance s'achève par le meurtre puis la mort de l'« enfant » censé les avoir recueillis. Ce qui jette sur ces contes « vertueux » un éclairage trouble et tragique.

2 Gustave Doré, « le plus illustre des illustrateurs »

Gustave Doré fut le plus grand illustrateur du XIXe siècle. Il fut aussi l'un des artistes français les plus célèbres de son époque. Sorte de Michel-Ange moderne, il était à la fois peintre, sculpteur, illustrateur, aquarelliste. Son œuvre est colossale : elle comporte plus de dix mille gravures, des milliers de dessins, d'aquarelles, plus de deux cents tableaux et quarante-cinq sculptures. Et pourtant, durant les vingt dernières années de sa vie, Gustave Doré fut un artiste malheureux : il voulait être reconnu comme peintre et comme sculpteur, il ne le fut que comme illustrateur.

UN ILLUSTRATEUR DE GÉNIE

Gustave Doré est né le 6 janvier 1832 à Strasbourg, dans une famille bourgeoise. En ce XIXe siècle qui célèbre les pouvoirs de l'inspiration, Doré incarne à la perfection le mythe romantique du génie précoce et de l'enfant prodige.

Une carrière exceptionnelle

À sept ans, il remplit ses cahiers de dessins et de caricatures, à huit, il commence à illustrer de grands chefs-d'œuvre littéraires. À quinze ans, il est recruté comme caricaturiste au *Journal pour rire*, pour lequel il doit fournir un dessin par semaine. Il vit désormais à Paris. Ses premiers livres illustrés connaissent un succès immédiat. On insiste alors sur la jeunesse de l'illustrateur : son statut d'autodidacte assure à son inspiration un caractère hors normes. On fait de lui un « visionnaire » en raison du style fantastique de ses compositions. On est convaincu que Doré sera l'un des plus grands artistes de sa génération.

Doré est effectivement autodidacte. Cette absence de formation dans une grande école d'art est compensée par la puissance de son imagination et une mémoire visuelle exceptionnelle : il était par exemple capable de reproduire de mémoire et dans les moindres détails une cathédrale. Ses illustrations témoignent d'une immense culture graphique et picturale; elles puisent tout autant à la grande peinture (Michel-Ange, Rembrandt, Rubens, Delacroix) qu'à l'imagerie populaire, aux caricaturistes ou aux illustrateurs du XIXe siècle (Granville, Töpffer).

L'ambition fut la caractéristique essentielle de cet artiste. Doré voulait récréer le monde par ses illustrations. « J'illustrerai tout », déclara-t-il un jour. Et effectivement Doré a inondé le monde de ses images, illustrant les journaux populaires, les albums satiriques, des romans et des contes, des partitions musicales, des comptes rendus de voyage. Cette ambition se mesure principalement dans son projet de « littérature mondiale illustrée ». Dès les années 1850 il abandonne la caricature qu'il juge mineure pour se consacrer à l'illustration littéraire : son but est de « faire dans un format uniforme et devant faire collection, tous les chefs-d'œuvre de la littérature, soit épique, soit comique, soit tragique ». Il illustra ainsi Rabelais, *La Divine Comédie* de Dante, la Bible, les *Contes* de Perrault, les *Fables* de La Fontaine, *Don Quichotte*, etc. Ces livres souvent monumentaux par la taille, le prix et le nombre des illustrations correspondaient à la volonté de Doré de « s'illustrer » dans le monde de l'art.

Une œuvre entre romantisme et réalisme

L'œuvre de Doré est héritière du romantisme, dont l'âge d'or en Allemagne puis en France se situe à la fin du XVIIIe siècle et dans la première moitié du XIXe siècle. Doré était né en Alsace, terre d'élection du romantisme, dont le fleuron est la cathédrale gothique de Strasbourg. Par sa mère, mais aussi par les récits de sa grand-mère et de sa gouvernante, le jeune Doré découvre les grands mythes, les contes et les légendes populaires que les romantiques avaient remis au goût du jour. Quelles que soient les œuvres illustrées par Doré, on retrouve dans ses images les thèmes romantiques : le retour à l'irrationnel et aux rêves, à la nature et à la solitude, un imaginaire mythique et médiéval. Les motifs des ruines, des châteaux, des forêts sombres, des paysages sauvages et immenses, les thèmes de l'ascension ou de la chute parcourent toute son œuvre.

Mais aux côtés de cet imaginaire, les images de Doré retranscrivent la réalité des hommes et des sociétés. Doré tient cela de son père qui était ingénieur des Ponts et Chaussées, et qui amenait durant ses tournées son fils avec lui. Le jeune Doré put ainsi s'exercer à observer sur les marchés et dans les foires des scènes de la vie réelle (paysans, bourgeois, etc.) que l'on retrouve dans son œuvre.

Le mélange du rêve et de la réalité est ainsi caractéristique de l'art de Doré : la réalité devient toujours chez lui féerique ou fantastique, l'imaginaire réel. Ce mélange confère à ses images un statut incertain, une force d'équivoque, un pouvoir de transfiguration qui les situe entre le mythe et la réalité. De plus, en vrai romantique, Doré mélange les registres, le terrifiant et le léger, le sublime et le grotesque, comme dans son *Don Quichotte*.

« TUER L'ILLUSTRATEUR » AU PROFIT DU PEINTRE

L'ambition de Doré d'être reconnu comme un grand artiste ne pouvait se cantonner au seul genre de l'illustration. Dès les années 1850, Doré s'était lancé dans la peinture. Les genres qu'il pratiqua le plus furent la peinture d'histoire, la peinture à sujet littéraire, la peinture religieuse et la peinture de paysage.

La peinture de Doré trouva un écho favorable auprès du public bourgeois et du pouvoir politique (il fut ainsi chevalier de la Légion d'honneur). Mais elle fut presque systématiquement dénigrée par la critique. On reprochait à ses œuvres leur gigantisme, leur rapidité d'exécution, leur irréalisme, on considérait surtout que ses toiles n'étaient que des illustrations agrandies. La réputation et la popularité de l'illustrateur nuisaient ainsi, auprès du public cultivé, à la carrière du peintre. Aussi les deux facettes de l'artiste devinrent très vite inconciliables. Doré déclara dès 1861 : « Pour le moment, je suis mon propre rival. Je dois effacer et tuer l'illustrateur afin que l'on ne parle de moi que comme peintre. » Dans sa soif de reconnaissance, Doré illustre de moins en moins d'ouvrages à partir des années 1870, il consacre son temps et son argent au « grand art » et vend son talent sans pour autant en tirer le profit espéré, ses toiles se vendant mal. L'artiste réputé populaire et immensément riche finit en réalité sa vie aigri et criblé de dettes. Le rêve professionnel et artistique de l'enfant prodige échoua et Doré ne fut que le « le plus illustre des illustrateurs »[1].

Au regard de l'histoire, Doré n'a pas su suffisamment trouver un style propre, en imitant les grands maîtres du passé ; en cherchant à plaire aux institutions, sa peinture fut trop peu novatrice et passa totalement à côté de la révolution picturale la plus importante de la deuxième moitié du XIXe siècle, l'impressionnisme. Mais cet échec tient aussi à la place qu'occupe l'illustration dans la hiérarchie des arts au XIXe siècle.

Le XIXe siècle fut le siècle de l'illustration, de son développement et de son triomphe. Mais en même temps, l'illustration restait un art mineur et populaire, et à ce titre souvent méprisé. Doré a parfaitement conscience de cette hiérarchie, d'où son acharnement dans les vingt dernières années de sa vie à être reconnu autrement que comme illustrateur. La déroute de la carrière de Gustave Doré est la conséquence des relations hiérarchiques à l'intérieur du champ artistique du XIXe siècle, et son drame est d'avoir lui-même intégré ces hiérarchies et d'être devenu ainsi son propre ennemi.

1. Philippe Kaenel, *Le Métier d'illustrateur, 1830-1880*, Genève, Droz, 2005, p. 304.

Il y a à cet échec des raisons qui tiennent aussi à la psychologie de Doré. La relation fusionnelle de Doré à sa mère est la clé de son caractère.

La mère et l'enfant : une relation de dépendance

Alexandrine Pluchart entretint son fils dès son plus jeune âge dans la conviction qu'il était un génie et elle veilla autoritairement sur sa vie professionnelle et affective. À la mort de son mari en 1848, elle s'installe à Paris et Doré vivra avec elle jusqu'à sa mort, sans jamais se marier par peur de la trahir. Il devait traverser la chambre de sa mère pour regagner la sienne qui, aux dires des témoins, était meublée comme celle d'un enfant. Ce détail montre combien cette relation fut régressive : elle fonctionnait comme un refuge en le protégeant du monde et des attaques de la critique.

Aussi la mort de sa mère en 1881 fut un drame dont il ne se remit jamais. Il meurt en 1883. La dépendance de Doré à l'égard de sa mère explique ses difficultés à être lui-même, aussi bien en tant qu'artiste qu'en tant qu'homme. Même adulte, Doré resta un enfant. Alors même que des portraits de lui montrent son vieillissement physique et moral, la légende voulait que même à cinquante ans Doré conservât son aspect juvénile : aux yeux d'une partie du public, comme certainement à ses yeux et à ceux de sa mère, Doré restait l'enfant prodige des débuts.

Une personnalité narcissique et mélancolique

C'est ce qui explique aussi les deux tendances fondamentales du caractère de Doré, le narcissisme et la mélancolie. Doré fut convaincu toute sa vie de son génie, d'où son ambition démesurée, le gigantisme de ses productions, sa productivité, sa volonté d'être célébré comme un grand artiste. En société, Doré qui était un excellent gymnaste, un acrobate, un musicien et un chanteur de talent aimait à s'exhiber et être au centre de l'admiration. Mais du fait de l'échec de son ambition, ce narcissisme se retournait très facilement en désespoir et en un puissant sentiment de persécution. Il concevait à la fin sa vie comme un destin tragique, où par la volonté d'une mauvaise fée, il était écrit dès le départ que la peinture, sa passion, ferait aussi son malheur. Doré fut déchiré entre l'image idéale qu'il se faisait de lui-même (le peintre) et l'image réelle (l'illustrateur) qu'il ne pouvait accepter.

L'IMAGINAIRE DES MYTHES ET DES CONTES

Ce déchirement et cette conscience tragique donnent à l'œuvre de Doré tout son intérêt et toute son intensité. Car Doré a exprimé dans ses images les drames de sa personnalité. On trouve ainsi dans l'œuvre peinte, sculptée, illustrée de Doré des obsessions personnelles : l'enfant blessé, le Christ martyr, le saltimbanque ou le pendu sont des figures récurrentes auxquelles Doré s'identifie; les thèmes de l'ombre, de la chute ou de la résurrection sont des allégories de sa vie psychique. Illustrer l'œuvre d'un autre, c'est aussi « s'illustrer soi-même » pour Doré, et il faut lire aussi ses livres comme des œuvres-miroirs, exprimant profondément sa personnalité.

Doré n'a d'ailleurs pas illustré n'importe quels livres mais principalement les grands mythes de notre culture et les contes merveilleux. Les mythes et les contes en effet expriment de manière symbolique les drames les plus universels de l'humanité, et Doré se reconnut en eux. Les grands mythes inspirèrent ses œuvres les plus célèbres, les plus sombres et les plus impressionnantes; à côté, il produisit une série d'albums autour de l'imaginaire des contes et de l'enfance : en plus de Perrault, il illustra entre autres La Fontaine, la comtesse de Ségur, *Les Aventures du baron de*

Münchhausen, etc. Ces livres lui permettaient d'exprimer sa personnalité profonde, mais sous une forme plus légère et fantaisiste. Ainsi, après la publication du Dante illustrant le « merveilleux funèbre », Doré voulut selon ses propres mots illustrer avec Perrault le « merveilleux divertissant, spirituel, émouvant ». Les contes étaient ainsi l'occasion pour lui de retourner au monde de son enfance.

Doré déclara un jour : « Ce n'est que chez ces génies du passé qui écrivent : "il pénétra dans une sombre forêt, et se trouva devant un palais dont les murs semblaient faits de diamants..." que le travail d'illustrateur est un plaisir véritable. » C'est dire que l'art de l'illustration était pour lui fondamentalement lié à l'imaginaire de l'enfance.

3 L'invention d'un genre littéraire

Il faut pour aborder les contes de Perrault se débarrasser de deux idées reçues. La première voudrait que les contes de Perrault aient été écrits simplement pour les enfants. La seconde, que Perrault ait adapté sans les modifier des contes populaires de source orale. En réalité les choses sont plus complexes. D'une part parce que ces contes sont le fruit d'une véritable élaboration littéraire. D'autre part parce qu'ils s'inscrivent dans une mode, celle des contes de fées, dont le public était majoritairement composé d'adultes. Perrault adapte ainsi le merveilleux populaire autant pour un public d'enfants que d'adultes cultivés. Il invente un genre littéraire, dont tout le génie tient à son ambiguïté.

DES PRÉTENDUS CONTES POPULAIRES

Les contes populaires sont des récits merveilleux, transmis oralement. Le propre d'un conte populaire est donc d'être anonyme, sans auteur : chaque conteur adapte et recompose des récits dont l'origine se perd dans la nuit des temps. L'imaginaire populaire constitue par rapport à la culture savante une culture parallèle. Ainsi du Moyen Âge à la Renaissance, un nouvel imaginaire s'est constitué qui n'est ni inspiré par l'Antiquité ni directement chrétien : un merveilleux peuplé de princes et de princesses, de fées, d'ogres, d'animaux parlants et d'objets magiques, par lequel les sociétés rurales exprimaient symboliquement leurs fantasmes. C'est cet imaginaire que Perrault va reprendre.

Il affirme en effet à plusieurs reprises que ses contes proviennent de la tradition orale du conte merveilleux populaire. Il les désigne ainsi comme des « Contes du temps passé », des « Contes d'Ogres et de Fées », des contes de « Nourrice » ou d'« aïeux » (préface des contes en vers, p. 53 et 51), venant des « huttes » et des « cabanes » (dédicace des contes en prose, p. 127-128), c'est-à-dire des sociétés rurales. L'étude des sources des récits de Perrault montre qu'à l'exception de *Riquet à la houppe*, d'origine vraisemblablement littéraire, tous proviennent en partie de la tradition orale et populaire.

Toutefois, contrairement à l'idée reçue, véhiculée par Perrault lui-même, ces contes n'ont pas été uniquement recueillis auprès de conteurs. Perrault a aussi des sources écrites et littéraires. On pense en effet qu'il s'est largement inspiré de deux recueils italiens de la Renaissance, *Les Facétieuses Nuits* de Straparole (1550-1553) et *Le Conte des contes* de Basile (1634-1636), qui comportaient déjà certains des personnages, des schémas et des motifs que l'on trouve dans ses récits. De plus, on a pu montrer que nombre de situations des contes de Perrault avaient été inspirées par les *Fables* de La Fontaine. Or Perrault masque complètement ces sources littéraires.

De la même manière, Perrault a caché son rôle dans l'élaboration des contes en prose. Ces contes en effet ont paru sans nom d'auteur. La dédicace adressée à Mademoiselle est signée « P. Darmancour » (p. 128), le surnom mondain de Pierre, le fils de Charles Perrault. Si l'on s'en tient au texte donc, c'est lui qui aurait composé ces contes en se présentant sous les traits d'un « Enfant » (p. 127). On s'est longtemps demandé qui du père ou du fils avait véritablement écrit les contes en prose. On s'accorde aujourd'hui à y voir le résultat d'une collaboration, dans laquelle le père aurait mis sous leur forme définitive des histoires d'abord recueillies par son fils auprès de conteurs.

Dissimuler ainsi son nom, de même que ses sources littéraires, correspondait à la même stratégie : mettre en avant le folklore national contre la culture des Anciens. Perrault cherchait à faire croire que ses contes avaient été directement collectés à la bouche de conteurs, qu'ils n'avaient pas d'auteur (un « Enfant » n'est pas un auteur) et qu'ils étaient l'émanation directe de la voix du peuple. C'était un demi-mensonge, dans la mesure où ces contes avaient bien une origine populaire et orale. Mais un mensonge tout de même, puisque mélangés à des sources écrites et savantes, réécrits par la plume d'un auteur bien réel (Charles Perrault), ils sont au résultat des contes littéraires.

UNE RÉORIENTATION PÉDAGOGIQUE

De plus, Perrault s'éloignait de la tradition populaire dans la mesure où il prétendait que les contes étaient pour les enfants (« des contes que nos aïeux ont inventés pour leurs Enfants », p. 51). Or dans la tradition populaire, le conte était d'abord l'affaire des adultes. Perrault, comme tous les bourgeois et les aristocrates de son époque, ne semblait ainsi connaître ou ne s'intéresser qu'à une infime partie du folklore populaire, celle des contes que les nourrices ou les grands-parents racontaient lors des veillées aux enfants. L'expression « contes de ma mère l'Oye » (que Perrault reprend pour le titre de ses contes en prose dans le manuscrit de 1695), tout comme celle de « contes de Peau d'âne », désignait au XVIIe siècle des « fables ridicules telles que sont celles dont les vieilles gens entretiennent et amusent les enfants ». Si Perrault ne partage pas le mépris de cette définition du *Dictionnaire* de l'Académie, le conte pour lui aussi n'est qu'une affaire de vieilles femmes et de nourrices.

Ainsi, Perrault adapte avant tout des contes qui ont pour héros des enfants ou des adolescents. Il suit par là tout un courant de la fin du siècle qui accorde un intérêt croissant à l'éducation. Il a des précurseurs en ce domaine, La Fontaine évidemment, mais aussi Fénelon, tous deux écrivant des récits imaginaires capables tout à la fois de distraire et d'instruire les enfants. À cinquante ans, resté veuf et privé de ses fonctions, Perrault se consacre à l'éducation des siens. C'est dans ce contexte qu'il redécouvre ces « contes de ma mère l'Oye », qu'il réécrira ensuite, à partir certainement d'une première collecte opérée par son fils. Perrault entend donc faire jouer un rôle pédagogique aux contes, comme il le rappelle dans la préface de 1695 : les enfants aiment les héros des contes, ils désirent imiter leurs aventures et sont ravis de voir puni le méchant et récompensé le vertueux : « Ce sont des semences qu'on jette qui ne produisent d'abord que des mouvements de joie et de tristesse, mais dont il ne manque guère d'éclore de bonnes inclinations » (p. 52). L'ajout de « moralités » (qu'on ne trouve pas dans les contes populaires traditionnels) censées expliciter la leçon du conte, correspond à cette finalité éducative.

Ainsi avec Perrault, le conte populaire, censé exprimer les fantasmes du peuple, devient un genre pédagogique à destination des enfants de la bourgeoisie et de l'aristocratie. Toutefois, les contes de Perrault ne sauraient se réduire à cette intention pédagogique ni à des contes pour enfants. Ils s'intègrent aussi à une mode, celle-ci très adulte et très littéraire, celle des contes de fées.

LA MODE LITTÉRAIRE DES CONTES DE FÉES

En cette fin de XVIIe siècle, les milieux mondains et aristocratiques se prennent d'enthousiasme pour les contes merveilleux. La féerie est alors partout à la mode depuis l'extravagance visuelle des grands spectacles que l'on donne pour les fêtes de Versailles jusqu'au goût pour les romans anciens et les contes populaires que l'on redécouvre.

Les contes de fées ne font pas tous forcément intervenir des fées, mais leur présence fréquente est un trait distinctif (ce n'est pas le cas dans les contes populaires). Le terme désigne avant tout une adaptation littéraire de contes populaires et oraux, à destination de la haute société. Ce genre s'élabore tout d'abord dans les salons où il est conçu comme un jeu, à la fois galant et lettré, consistant à raconter sans y croire des histoires merveilleuses. Le conte devient une des activités favorites des salons, le plus souvent tenus par des femmes qui trouvent dans le genre féerique un espace littéraire propre.

Puis le genre passe des salons à la littérature. De 1690, date du premier conte écrit par Mme d'Aulnoy jusqu'au début du XVIIIe siècle où la mode s'épuise, plus d'une vingtaine de volumes de contes vont être publiés. Perrault n'est donc ni le premier ni le seul à pratiquer ce genre : il s'inscrit avant tout dans une mode, ce qui n'est pas étonnant pour ce Moderne qui espérait conquérir le public des salons en flattant ses goûts.

L'ORIGINALITÉ DES CONTES DE PERRAULT

Les contes de Perrault se distinguent toutefois des autres contes de fées écrits à la même époque. D'une part Perrault est le premier à faire du conte un genre à part : avant lui les contes étaient insérés dans des romans ou des nouvelles. D'autre part les contes de ses contemporaines sont le plus souvent marqués par un goût pour le spectaculaire qu'on ne trouve pas chez lui.

Le croisement de trois genres

Perrault se distingue surtout par la réussite avec laquelle il a su imiter la simplicité des contes et adopter un style « naïf » correspondant à l'enfance. Cela ne s'est pas fait d'un coup : *Griselidis* est encore une nouvelle dans le goût de La Fontaine et sans merveilleux; *Les Souhaits ridicules* est un conte populaire mais explicitement pour adultes; *Peau d'âne* est le premier conte qui imite l'imaginaire populaire et enfantin, mais il est écrit en vers. Il faudra le saut de la prose, propre aux *Histoires du temps passé*, pour que Perrault trouve définitivement l'unité d'un ton, d'une matière et d'un genre.

Finalement, les contes de Perrault forment à eux seuls un genre. Ils tiennent à la fois du conte populaire, du conte pour enfants et du conte de fées. Imitant le style de l'oralité, ils constituent des élaborations littéraires et raffinées; plongeant dans l'imaginaire populaire, ils sont adaptés pour la haute société; écrits pour les enfants dans une intention pédagogique, ils visent aussi un public adulte, conjuguant naïveté et perversité. C'est leur ambiguïté fondamentale qui fait leur génie.

Le frontispice de Perrault

L'édition des contes en prose de 1697 était illustrée. Elle était composée d'un frontispice (→ ILLUSTRATION, p. 7) et de huit vignettes illustrant chacune un des contes. L'étude du frontispice permet de définir le genre et la stratégie de Perrault, car il a lui-même participé à sa conception. Un frontispice est une gravure que l'on place en regard du titre d'un livre : sa fonction est de dire par l'image l'esprit dans lequel il a été écrit. Elle fonctionne donc comme une préface. Ici, elle vise à développer par l'image le titre *Histoires ou Contes du temps passé*. Que voit-on ?

La scène se passe dans l'espace clos du foyer. C'est le soir, le moment intime de la veillée, que signalent le feu de cheminée et la bougie allumée. Une vieille femme, nourrice ou gouvernante, file sa laine, fuseau à la main et quenouille sous le bras. Trois jeunes personnes disposées autour d'elle l'écoutent, certainement dire un conte. L'image met donc en scène la fable construite par Perrault au sujet de ses contes : on retrouve l'oralité, le cadre familial, le public enfantin, la nourrice.

Mais elle inscrit aussi d'autres éléments qui corrigent cette première fable et fonctionnent comme des clins d'œil à destination des lecteurs de Perrault. D'une part, les vêtements de qualité que portent les jeunes gens, les chapeaux des garçons ou la coiffure de la fille sont typiques de la haute société. Ils signalent donc que ces contes ne sont populaires que par jeu et qu'ils ont été adaptés pour convenir à la haute société. D'autre part, au-dessus des personnages et fichée sur la porte, se trouve une plaque portant l'inscription « Contes de ma Mère Loye », du titre du manuscrit d'apparat[1]. Il faut bien comprendre la fonction de cette inscription : elle réinjecte de l'écriture au cœur d'une mise en scène de l'oralité. Du coup elle signale que l'oralité n'est ici qu'une simulation et que ces contes sont bien littéraires, écrits par un auteur : Charles Perrault.

Le frontispice dessine donc un protocole de lecture : l'auteur ne propose pas à son public lettré et adulte de croire que ses contes ont été transcrits par un enfant à partir de contes populaires, mais de se placer dans un certain état esprit qui fasse accueillir ses histoires « comme si » elles appartenaient à une culture populaire de l'enfance[2].

1. *Manuscrit d'apparat :* édition luxueuse destinée à des bibliothèques privées.
2. Ces analyses résument l'étude de Louis Marin, dans « Préface-image : le frontispice des contes de Perrault », *Europe* (Paris), n° 739-740, 1990, p. 114 à 122.

4 Un livre illustré

Les *Contes* de Perrault illustrés par Gustave Doré sont publiés à Paris par l'éditeur Hetzel en 1862. Ce livre est la réédition d'un ouvrage déjà classique de la littérature française et s'inscrit dans un mouvement général de promotion du livre illustré. Il n'en constitue pas moins pour l'époque un livre hors normes, par la manière dont Doré renouvelle le genre de l'illustration littéraire. Ce livre témoigne aussi de la manière dont on lit Perrault au XIXe siècle et du public auquel on le destine.

L'ILLUSTRATION LITTÉRAIRE AU XIXE SIÈCLE

Le terme d'illustration, au sens d'image gravée associée à un texte imprimé, n'apparaît qu'en 1839 (auparavant il signifiait « action de rendre illustre quelqu'un ou de se rendre illustre »). L'apparition de ce sens dans le dictionnaire consacre l'avènement d'un art et d'un métier. La période 1830-1875 est le triomphe de l'illustration : les illustrateurs célèbres se succèdent (Johannot, Grandville, Töpffer, Doré), les livres sont remplis d'illustrations, et l'édition de luxe comme l'édition populaire souscrivent à cet enthousiasme.

Le siècle du livre illustré

Le XIXe siècle fut le siècle des images et de l'illustration. Il y a à cela trois raisons. D'abord, le développement des sciences expérimentales et l'avènement du capitalisme firent de la connaissance concrète de la réalité la grande affaire du monde occidental.

L'image, qui permet de se représenter directement le réel, devient dès lors centrale et le livre (scientifique, touristique, pédagogique) multiplie les illustrations. Par ailleurs, le développement de l'alphabétisation fait entrer le livre et la presse dans les biens de consommation industrialisés : l'illustration est alors l'outil indispensable de la démocratisation du livre et de la conquête d'un public bourgeois et populaire qui demande des images. Enfin, dans le domaine littéraire, le romantisme qui célèbre le mélange des genres promeut le livre illustré qui fait se rejoindre les talents de l'écrivain et ceux de l'artiste.

Le livre romantique

Dans la première moitié du XIXe siècle, apparaît dans le domaine de l'illustration littéraire ce qu'on appelle le « livre romantique » : il n'est pas un chef-d'œuvre de la littérature classique ou moderne qui ne soit illustré. Le livre romantique se veut démocratique : les progrès techniques de l'édition doivent servir à mettre à la disposition de tous les grands textes littéraires.

Le livre romantique se caractérise par la multiplication de ses images. D'abord unique et initiale (frontispice ou vignette dans la page de titre), l'illustration se fait plurielle et prend place dans le cours du livre. On distingue alors la planche hors texte et pleine page, délimitée par un cadre, de la vignette, petite illustration sans contour délimité qui s'inscrit n'importe où dans la page de texte. L'utilisation de la vignette est caractéristique du livre romantique et de sa volonté de mélanger l'image et le texte. L'illustration rythme l'action, sélectionne les épisodes importants, le livre n'est plus seulement à lire mais aussi à voir.

Du livre romantique aux livres de Doré

À partir des années 1860, avec son projet de « littérature mondiale illustrée » (→ PROBLÉMATIQUE 2, p. 38), Doré à la fois rompt et prolonge le livre romantique. Il rompt avec lui dans la mesure où il abandonne la vignette romantique pour promouvoir l'illustrationtableau. Ce faisant, il renouvelle complètement l'illustration et cherche à lui donner un vrai statut artistique.

Pleine page et de grande dimension, l'illustration chez lui s'anoblit en effet en devenant « tableau ». Sa référence est la peinture. Il fait en même temps évoluer la technique de la gravure sur bois de teinte, ce qui lui permet de passer maître dans l'art du noir et blanc, des jeux d'ombre et de lumière. Contemporain de la photographie, il renouvelle le langage de l'illustration par ses effets de cadrage, et il anticipe sur le cinéma dans ces mises en scène à grand spectacle que sont par exemple la Bible (qui contient plus de deux cent trente illustrations) ou le *Don Quichotte*. Loin de suivre simplement le texte, l'illustration chez Doré libère son propre imaginaire. Ses livres cherchent ainsi à mettre en jeu deux œuvres véritables : celle de l'écrivain et celle de l'illustrateur.

On a parfois reproché à Doré de substituer son œuvre à celle des écrivains qu'il illustrait. La grandeur et le nombre de ses illustrations ont en effet tendance à faire passer le texte au second plan, au point que l'on a pu dire par exemple que ce n'était pas Doré qui illustrait Dante, mais Dante qui illustrait Doré. On peut aussi reprocher à Doré le caractère monumental et le prix élevé de ses livres. Énormes et chers, ils étaient moins destinés à être lus qu'exposés dans les salons des familles bourgeoises, avides de légitimation culturelle.

Toutefois les livres de Doré n'étaient pas élitistes et ils furent populaires dans la mesure où ils restaient abordables par la petite bourgeoisie, c'est-à-dire par la plus grande partie des lecteurs. Doré est ainsi globalement resté fidèle au projet romantique de produire de beaux livres accessibles, et de faire découvrir au plus grand nombre la grande littérature. C'est le cas évidemment pour l'illustration des *Contes* de Perrault : Doré et son éditeur voulaient faire un livre « merveilleux » à destination des familles bourgeoises et de leurs enfants.

UN LIVRE HORS NORMES

Seul livre illustré par Doré pour Hetzel, les *Contes* de Perrault s'intègrent dans la collection « de prestige » du catalogue de cet éditeur. La couverture est frappée d'or, les illustrations sont immenses (33 cm × 27 cm pour les plus grandes), et le livre met à contribution les meilleurs graveurs de l'époque (onze graveurs en tout). Comme l'écrit Stahl (pseudonyme de l'éditeur Hetzel) pour justifier une telle débauche de moyens : « les graveurs, l'imprimeur, le fabriquant de papier, l'éditeur et le dessinateur ont essayé d'en faire une sorte de merveille ».

Le livre comporte en tout quarante-deux illustrations originales de Doré : deux illustrations initiales (le frontispice → ILLUSTRATION **1**, p. 29, et une vignette au titre représentant « les personnages des contes de Perrault assis sur leur livre », ill. 2) quarante planches gravées sur bois illustrant neuf des onze contes de Perrault. Avant ce livre, l'illustration des contes de Perrault se réduisait à quelques vignettes. Les dimensions et le nombre des planches de Doré constituèrent ainsi une révolution dans l'illustration de ces contes célèbres, destinée à frapper les esprits. Le seul et bref *Petit Poucet* est ainsi illustré onze fois.

La fonction de l'illustration est de rythmer la lecture du conte et de raconter par l'image le récit de Perrault. Le livre propose ainsi une narration des contes dédoublée, à la fois textuelle et visuelle, procédant par l'alternance des images et du récit. Cette alternance produit des effets passionnants de retard ou d'anticipation : parfois c'est le texte qui précède l'illustration, parfois c'est le contraire, l'image représentant un épisode raconté par Perrault quelques pages plus loin. Il arrive aussi que l'on ait une série de deux, trois ou quatre images successives (simplement séparées par une page blanche, le verso d'une page illustrée étant systématiquement blanche), avant de retrouver une page de texte. Ces effets tiennent à la contrainte du livre et de sa mise en page : les contes étant brefs et les illustrations nombreuses, il n'était pas possible de faire se suivre systématiquement la page de récit et l'image lui correspondant. La table des matières donne ainsi pour chaque illustration une légende qui reprend le passage du texte de Perrault qui lui correspond.

Le lecteur du livre est donc aussi un spectateur : il progresse par l'alternance des pages imprimées, des pages blanches et des pages illustrées. Texte et image s'articulent et renvoient l'un à l'autre pour faire de la lecture un « spectacle dans un fauteuil ».

DES CONTES DE PERRAULT AUX CONTES DE DORÉ/HETZEL

Au XIXe siècle, on considérait de manière générale que les contes de Perrault étaient destinés aux enfants. Les multiples rééditions de ces contes se faisaient souvent pour ce public. Une partie du catalogue des éditions Hetzel était d'ailleurs dévolue aux livres illustrés pour enfants. Mais pour Doré, l'illustration des contes ne constituaient pas une production à part : ils s'inscrivaient dans son projet général de littérature illustrée. Doré et Hetzel se retrouvèrent donc sur le projet d'un livre qui ne serait pas uniquement destiné aux enfants, mais plus généralement aux familles et à tous les adultes cherchant à retrouver les mystères des contes : une édition « tout public ».

Une nouvelle préface

C'est ce qu'exprime la préface de Stahl-Hetzel. Stahl reprend tout d'abord l'idée très répandue à l'époque (et fausse pour une large part) que les contes de Perrault expriment la sagesse populaire et que leur origine est orale. Il insiste ensuite sur leur visée pédagogique : les contes enseigneraient une morale universelle que les enfants comprendraient spontanément, l'enfant étant naturellement bon. Il insiste enfin sur l'idée que ces contes s'adressent aussi aux adultes et qu'ils sont un moyen de réunir la famille.

Des textes modifiés

Aux yeux des autorités religieuses et de la morale du XIXe siècle, les contes de Perrault n'étaient pas toujours adaptés à des enfants. Ainsi on rééditait très souvent Perrault, mais en simplifiant ses textes et en supprimant certains passages. Globalement, l'édition Hetzel respecte le texte de Perrault. Elle présente toutefois des modifications caractéristiques de cette « normalisation ».

Griselidis et *Les Souhaits ridicules*, peu adaptés à des enfants, disparaissent de la table des matières. De *Peau d'âne*, on a la version en prose (datant du XVIIIe siècle) par laquelle on connaissait ce conte au XIXe siècle. Cette version présente des différences notables qui vont dans le sens de la morale. Le thème de l'inceste notamment est édulcoré : le père n'est pas réellement responsable de son désir pour sa fille, c'est la faute d'un druide maléfique qui l'encourage dans ses vices. Et surtout les « moralités », par lesquelles Perrault s'amuse à subvertir et à brouiller la morale des contes, sont supprimées.

Enfin, l'édition Hetzel modifie l'ordre des contes. En commençant par *Le Petit Chaperon rouge* et *Le Petit Poucet*, elle insiste sur le public enfantin et l'origine populaire des contes, puisque les héros de ces deux histoires sont de jeunes enfants issus du petit peuple. En commençant par *La Belle au bois dormant*, Perrault s'adressait à un public plus adulte et aristocratique, puisque l'héroïne est une princesse qui se marie et a des enfants.

Un nouveau frontispice

Le frontispice de Doré (→ ILLUSTRATION 1, p. 29) constitue au même titre que celui de Perrault un véritable discours en image. Ce discours passe par une série de mises en abyme (procédé par lequel une œuvre se représente elle-même ou en représente une autre qui lui ressemble) par lesquelles Doré énonce tout ce que nous venons de voir sur le genre et le public du livre.

Le frontispice est calqué sur celui de l'édition de 1697 (première mise en abyme → ILLUSTRATION, p. 7) mais Doré y introduit des différences substantielles. Aux trois enfants écoutant leur nou dans le frontispice de Perrault, Doré substitue l'image de « la le ture des contes en famille » : autour d'une grand-mère, se regroupent des enfants de tous âges et des deux sexes. Debout et derrière eux, les bras légèrement écartés, la mère ferme le cercle : trois générations sont ainsi rassemblées. De plus, Doré remplace la narration orale de Perrault par la lecture (le livre posé sur les jambes de la vieille conteuse) : c'est que les contes au XIXe siècle appartiennent pour la bourgeoisie à la culture livresque et non plus orale. La sociabilité bourgeoise et familiale remplace ainsi l'ancienne sociabilité populaire.

Le livre ouvert sur les genoux de la vieille femme est très clairement le livre que le lecteur réel a dans les mains (deuxième mise en abyme). Le public enfantin, auquel est destiné en partie cet ouvrage, est indiqué par la présence au premier plan de jouets (polichinelle, mouton sur une table à roulettes, théâtre en miniature).

Enfin, Doré fait référence au conte qu'il a le plus illustré, *Le Petit Poucet*, et en souligne ainsi l'importance (troisième mise en abyme). Cette référence est double : les enfants du frontispice sont au nombre de sept, et à l'arrière-plan, on voit une image représentant le petit Poucet tirant les bottes de l'ogre (cette image est l'esquisse d'un dessin que Doré avait réalisé pour ce conte). Par ailleurs l'image, encadrée richement comme un tableau, réaffirme l'ambition de Doré cherchant à faire de l'illustration un grand art, proche de la peinture.

a structure des recueils

La réunion des deux recueils des *Contes en vers* et des *Histoires ou Contes du temps passé* date de la fin du XVIIIe siècle et n'est donc pas le fait de Perrault. Au-delà de leurs différences, ces deux recueils présentent une unité littéraire et thématique. On s'attachera à mettre en évidence la structure particulière du recueil des contes en prose ainsi que celle du livre illustré par Gustave Doré, qui modifie l'ordre des récits.

DES CONTES EN VERS AUX CONTES EN PROSE : UNE UNITÉ LITTÉRAIRE

Les récits en vers : de la nouvelle au conte

Le recueil des contes en vers présente sur le plan des genres littéraires une forte hétérogénéité : le premier *(Griselidis)* est intitulé « nouvelle », les deux autres « conte », deux genres tout à fait différents.

Comme le rappelle Perrault dans la préface de 1695, les nouvelles sont des « Récits de choses qui peuvent être arrivées, et qui n'ont rien qui blesse absolument la vraisemblance » (p. 50). Le sujet de *Griselidis* (publié une première fois en 1691), celui d'un misogyne qui séquestre son épouse, est par sa dimension psychologique un sujet parfaitement réaliste, et le récit ne comporte aucun élément merveilleux. Perrault s'emploie d'ailleurs à donner une explication vraisemblable au comportement de ses personnages (voir « À Monsieur*** en lui envoyant Griselidis », p. 91 à 93) : ainsi celui de Griselidis s'explique par sa soumission à Dieu. Perrault adapte dans cette nouvelle un conte populaire auquel il ajoute différents développements (descriptions, discours intérieurs, etc.), et revendique sa nouvelle contre un conte qu'il juge « tout sec et tout uni » (p. 91).

Avec *Les Souhaits ridicules* (1693), Perrault adapte pour la première fois un conte populaire sans passer par le détour de la nouvelle. Mais ce n'est pas un conte folklorique (Jupiter appartient à la mythologie et donc à un imaginaire savant) et c'est un conte pour adultes (problèmes de la conjugalité et connotations sexuelles affirmées).

Avec *Peau d'âne* (1694), Perrault pour la première fois écrit un authentique conte merveilleux. Mais ce conte est long, comporte d'abondantes descriptions, des explications psychologiques : il est encore tributaire du genre de la nouvelle.

Des *Contes de ma mère l'Oye* aux *Histoires ou Contes du temps passé*

Le manuscrit des *Contes de ma mère l'Oye* (1695), comportant les cinq premiers contes en prose, constitue un saut qualitatif. L'expression « contes de ma mère l'Oye » était synonyme à l'époque de « contes merveilleux » : le titre désigne donc clairement ce genre. Mais surtout, Perrault passe du vers à la prose, c'est-à-dire d'un langage savant et littéraire à une langue dépouillée censée imiter la simplicité de la narration orale. Perrault écrit bien cette fois des contes dits populaires. Avec l'édition élargie de 1697 (ajout des trois derniers contes en prose), Perrault change de titre sans pour autant renier le premier, que l'on retrouve dans le frontispice (➜ ILLUSTRATION, p. 7). Ce titre, *Histoires ou Contes du temps passé*, fait lui aussi référence à la tradition orale et ancienne, celle des contes merveilleux.

D'un recueil à l'autre : une évolution littéraire

Le passage des contes en vers aux contes en prose relève moins d'une rupture que de la découverte progressive du genre et du style du conte merveilleux. L'unité des deux recueils, c'est d'abord celle de cette évolution littéraire, que Perrault a rendue très visible.

Perrault a d'ailleurs lui-même cherché à unifier les deux recueils. Dans la préface de 1695 aux *Contes en vers*, il prépare implicitement son public à la publication des contes en prose. Il insiste tout d'abord sur la fonction pédagogique des contes (p. 51) qui permet par avance d'unifier les deux recueils dans une même visée. Puis il résume l'intrigue des *Fées* (p. 51). Et enfin, il donne une importance particulière à *Peau d'âne* (p. 52-53), manifestant ainsi le rôle charnière de ce conte dans le passage d'un recueil à l'autre.

On peut dès lors s'interroger sur les raisons qui ont poussé Perrault à ne pas faire figurer *Peau d'âne* en dernière position des récits en vers, rompant ainsi la chronologie de leur composition. Peut-être n'a-t-il pas voulu souligner trop fortement cette évolution, ou peut-être pensait-il (à tort) que la brièveté des *Souhaits ridicules* la manifestait mieux.

DES CONTES EN VERS AUX CONTES EN PROSE : UNE UNITÉ THÉMATIQUE

La thématique conjugale des contes en vers

De part et d'autre du recueil en vers, *Griselidis* et *Les Souhaits ridicules* se répondent par une même thématique conjugale. Dans le premier récit le personnage masculin éprouve son épouse, dans le second un mari est mené par le bout du nez par sa femme. Le premier est dramatique, le second comique, et de l'un à l'autre le pôle de la patience s'inverse (dans le premier la femme fait preuve de patience à l'égard de son mari, dans le second c'est l'inverse, Blaise doit suivre toutes les volontés de Fanchon), faisant ainsi des *Souhaits ridicules* un anti-*Griselidis*.

Au centre, *Peau d'âne* comporte des éléments de l'un et de l'autre. L'humiliation subie par Peau d'âne rappelle par ses accents pathétiques celle de Griselidis. De plus, ce premier récit comporte de manière implicite le thème de l'inceste puisque le roi se fait passer pour le futur époux de sa fille. Enfin, le dialogue dans *Peau d'âne* où la reine fait jurer à son mari de ne se remarier qu'avec une plus belle femme qu'elle, au grand regret du roi qui se croyait déjà libre, annonce les difficultés du couple dans *Les Souhaits ridicules*. On voit donc que ce qui unifie les contes en vers est la formulation « adulte » des problèmes liés à l'amour.

L'orientation enfantine des contes en prose

En revanche, le recueil des contes en prose semble unifié par des thématiques plus enfantines. Sur les huit récits, seulement deux se prolongent au-delà du mariage (*La Belle au bois dormant* et *La Barbe bleue*). Ces deux contes se trouvent au début du recueil. À partir du *Chat botté*, les récits s'achèvent par la proclamation du mariage (à l'exception du *Petit Poucet*) : ainsi ces contes traitent de la découverte de l'amour par une jeune personne et non plus de la vie conjugale vécue par l'adulte.

Toujours à partir du *Chat botté*, tous les contes mettent en scène un héros enfant agressé qui parvient à prendre sa revanche. C'est dire l'importance à la fin du recueil de ce petit Poucet qui ne se marie pas, héros exemplaire qui consacre l'orientation enfantine de plus en plus affirmée des contes en prose.

L'unité thématique des deux recueils

Toutefois, il ne faut pas opposer trop sommairement les deux recueils. De l'un à l'autre des contes se répondent. Ainsi le mari monstrueux de *La Barbe bleue* rappelle le roi misogyne de *Griselidis*. L'anneau d'or qui permet la reconnaissance de Peau d'âne annonce la pantoufle de verre de Cendrillon. Plus généralement, les deux recueils ont une forte unité thématique :

– une première série de contes s'organise autour du thème de la revanche de l'enfant, héros handicapé ou agressé au début du récit : *Peau d'âne, La Belle au bois dormant, Le Chat botté, Les Fées, Cendrillon, Riquet à la houppe, Le Petit Poucet*;
– une deuxième série autour de l'amour, de ses difficultés et de ses dangers : *Griselidis, Les Souhaits ridicules, Peau d'âne, La Belle au bois dormant, Le Petit Chaperon rouge, La Barbe bleue, Riquet à la houppe*;
– une dernière série autour du thème de l'ascension sociale permise par le mariage : *Griselidis, La Barbe bleue, Le Chat botté, Les Fées, Cendrillon.*

On notera que ces trois thèmes sont au cœur des contes merveilleux en général, très souvent structurés par les rapports parents/enfants, hommes/femmes, puissants/faibles. Mais on ajoutera que ces thèmes durent aussi toucher particulièrement l'auteur Charles Perrault. Perrault était un bourgeois qui fut toute sa vie préoccupé par son ascension sociale; époux, il fut lui-même concerné par les problèmes de la conjugalité; et surtout étant le dernier venu dans une famille de sept enfants, comme le petit Poucet, il n'est pas étonnant qu'il ait accordé tant de place au thème de la revanche du cadet. L'unité des contes vient aussi de ce qu'ils furent adaptés et écrits par un auteur obsédé par des thèmes qui traversent le recueil de part en part.

LA STRUCTURE DU RECUEIL DES CONTES EN PROSE

Un ensemble composite

Le recueil des contes en prose est composite puisqu'il résulte de l'ajout de trois nouveaux contes au premier recueil (le manuscrit de 1695). Mais l'auteur a pris soin d'unifier les deux ensembles en faisant suivre *Les Fées* (qui clôt la première série) par *Cendrillon*, les deux récits ayant une thématique identique (une jeune fille humiliée par sa mère/marâtre et ses sœurs parvient grâce à la féerie à se marier avec un prince) : c'est dire le souci d'unification de Perrault.

Le recueil de 1695 avait une structure très claire (que nous allons voir). En ajoutant les trois derniers contes, Perrault l'a perturbée. Aussi, le recueil de 1697 est moins lisible en terme structurel. Aucun principe unique ne semble se dégager. On parlera donc de structure souple ou mobile pouvant être lue de différentes manières.

Une structuration par le thème de la féerie

Cette structuration était celle du manuscrit de 1695. Il commençait par *La Belle au bois dormant* (qui s'ouvre sur la scène des dons et comporte huit fées, des bottes de sept lieues, un nain, un chariot de feu et une ogresse) et se terminait par *Les Fées* (dont le pluriel du titre était emblématique du genre féerique). Perrault encadrait ainsi ce premier recueil par deux contes manifestant le genre du conte de fées.

Au centre du recueil se plaçait *La Barbe bleue* : pas de fée ni d'ogre dans ce conte, mais une clé « fée » dont la fonction n'est pas d'aider l'héroïne mais au contraire de la piéger. Ainsi au cœur de l'ensemble se trouvait bien la féerie, mais sous une forme malfaisante. Cette structure montrait l'ambivalence fondamentale de la féerie (→ PROBLÉMATIQUE 7, p. 86).

Puis, de part et d'autre de *La Barbe bleue*, se plaçaient deux contes sans féerie qui sont deux contes animaliers : *Le Petit Chaperon rouge* et *Le Chat botté*. Ces contes se répondaient : dans le premier, le loup/humain est un monstre négatif, dans le second, le chat/humain a un rôle positif. Mais ce chat lui-même est inquiétant : il menace des paysans et dévore un ogre. Quant à la Barbe bleue, il est lui aussi un personnage ambivalent, à la fois humain et monstre.

Ainsi dans ce premier manuscrit, le premier et le dernier contes présentaient le triomphe de la féerie, le deuxième et le quatrième l'ambivalence du merveilleux, le troisième une féerie maléfique. Comme si Perrault n'écrivaient des contes de fées que pour en subvertir le genre.

Dans les trois derniers contes ajoutés, Perrault ne rend plus la féerie ambivalente mais il continue à la subvertir en montrant cette fois que les qualités humaines lui sont supérieures. La moralité de *Cendrillon* (qui est pourtant un festival de féerie) affirme que « la bonne grâce [douceur et gentillesse] est le vrai don des Fées » (p. 177) ; la fin de *Riquet* suggère que c'est moins le don de la fée que l'amour de la princesse qui a transformé Riquet ; enfin, dans *Le Petit Poucet*, la seule ruse de l'enfant triomphe du merveilleux (l'ogre). La féerie (ou l'anti-féerie) constitue donc un thème structurant de l'ensemble du recueil des contes en prose.

Une structuration par le thème de l'amour

Nous avons vu comment le conte *Les Fées* répond à *La Belle au bois dormant*. De part et d'autre des *Fées*, se distribuent deux groupes de trois contes qui se répondent un à un : *Le Petit Chaperon rouge* et *Cendrillon* mettent en scène des héroïnes féminines découvrant l'amour, la première sous une forme négative, la seconde de façon positive. *La Barbe bleue* et *Riquet* présentent deux personnages masculins disgracieux (à la limite de la monstruosité) cherchant à se marier (l'un est une figure négative, l'autre positive). *Le Chat botté* et *Le Petit Poucet* mettent en scène deux héros qui restent adolescents puisqu'ils ne se marient pas, mais qui œuvrent pour l'amour des autres : le chat botté permet le mariage de son maître, le petit Poucet porte les lettres que les dames de la cour envoient à leurs amants.

Une structuration par la thématique sociale du mariage

Les deux derniers contes répondent aux deux premiers. La princesse de *La Belle au bois dormant* se marie avec un prince, le prince Riquet se marie avec une princesse, tandis que la petite paysanne *(Le Petit Chaperon rouge)* et le fils du bûcheron *(Le Petit Poucet)* ne se marient pas. Au centre, les cinq autres contes présentent des cas de mésalliance (mariage de personnages qui ne sont pas de la même condition sociale).

LA STRUCTURE DU RECUEIL ILLUSTRÉ PAR DORÉ

Une structure attendue

L'édition Hetzel de 1862, qui visait un public familial (→ PROBLÉMATIQUE 4, p. 55) a modifié l'ordre des recueils de Perrault, et donc leur signification profonde. *Griselidis* et *Les Souhaits ridicules* disparaissent du sommaire ; *Peau d'âne* y figure, mais c'est une version en prose, largement modifiée, qui est donnée. Le recueil s'ouvre logiquement sur *Le Petit Chaperon rouge* et *Le Petit Poucet*, les contes de Perrault les plus célèbres et les plus enfantins. On ne s'étonnera donc pas que *La Barbe bleue*, aux problématiques plus adultes, close le recueil et qu'il soit en quelque sorte « rejeté » à la fin.

Une structure pertinente

Cette structure témoigne également des choix personnels de Gustave Doré, et met en valeur les différents registres de ses images. Le recueil s'ouvre sur deux contes qui concentrent des terreurs enfantines (*Le Petit Chaperon rouge* et *Le Petit Poucet*) et se ferme sur un conte particulièrement effrayant *(La Barbe bleue)*. Les yeux de la Barbe bleue (ill. 39 → ANNEXES, p. 141) répondent à ceux de l'ogre du *Petit Poucet* (ill. 5 → ANNEXES, p. 130), à ceux du loup (ill. 3 → ANNEXES, p. 129) ainsi qu'à ceux des enfants du frontispice (→ ILLUSTRATION 1, p. 29). D'un bout à l'autre (puisqu'on ne les trouve que là), se répondent ainsi ces yeux de l'effroi. Le recueil débute et se termine donc par le registre fantastique (→ PROBLÉMATIQUE 9, p. 96). Au cœur du recueil (en cinquième position), se trouve *Le Chat botté,* qui a aussi suscité de la part de Doré une représentation fascinante (ill. 26 → ANNEXES, p. 138). C'est cette puissance de fascination que Doré retient d'abord des contes et que la structure du recueil met en valeur.

De part et d'autre du *Chat botté*, se trouvent les contes à thématique amoureuse. Tout d'abord *La Belle au bois dormant* et *Cendrillon*, puis *Peau d'âne* et *Les Fées*. L'illustration de *La Belle au bois dormant* et de *Peau d'âne* participe de registres féerique, pathétique ou symbolique, celle de *Cendrillon* et des *Fées* de registres plus réalistes. On voit par là que Doré souhaitait attirer l'attention sur la variété des registres de ses images. La place de *Riquet*, juste après *Le Chat botté*, ne comporte pas de sens particulier, si ce n'est que l'illustration qu'en propose Doré (le banquet des rôtisseurs, ill. 30) annonce la fête de mariage de *Peau d'âne* qui vient juste après (ill. 36 → ANNEXES, p. 140).

6 Structures narra
et choix illustrati

Doré appartient à une époque de l'illustration où l'artiste cherche à être fidèle au récit initial. On parle ainsi d'illustration *littérale*. Toutefois, les choix narratifs qu'opère Doré témoignent déjà d'une interprétation personnelle des contes qui en modifie parfois la signification. Pour mesurer ces écarts, il faut commencer par analyser la manière dont les récits de l'écrivain sont organisés. Les contes en effet ont cette spécificité d'être construits sur des structures narratives fixes.

LES STRUCTURES NARRATIVES DES CONTES DE PERRAULT

La structure du conte merveilleux : du méfait à sa réparation

Huit des onze contes de Perrault suivent la structure narrative typique du conte merveilleux. Les contes merveilleux en effet, au-delà de leurs différences, reposent sur une même structure narrative : après l'exposé d'une situation initiale, le récit s'enclenche par un *méfait* (agression, perturbation, manque). Débute alors la quête du héros qui aboutit après une série variable d'actions, de déplacements, d'épreuves ou de combats, à un dénouement heureux qui répare le méfait initial. Du *méfait* à sa *réparation*, tel est donc le schéma narratif des contes merveilleux[1].

1. Le théoricien russe Vladimir Propp a montré que cette organisation narrative suffit à définir le genre (*Morphologie du conte*, Paris, Le Seuil, coll. « Points essais », 1970).

personnages se répartissent en fonction du rôle qu'ils tiennent dans l'action. Le théoricien A. J. Greimas a ainsi mis au point un *schéma actantiel* faisant apparaître ces différents rôles. Valable pour tous récits, il l'est aussi pour les contes. Il distingue : le sujet (le héros), l'objet (ce que le héros cherche à obtenir par sa quête), le destinateur (le personnage qui confie au héros une tâche), le destinataire (celui à qui profite l'action menée par le héros), l'adjuvant (personnage ou objet qui aide le héros) et l'opposant (ou l'agresseur).

Dans *Cendrillon* par exemple, la situation initiale se confond avec le méfait : une jeune fille est humiliée par sa belle-mère et ses deux sœurs (agresseurs). Le récit ne commence qu'avec la proclamation d'un bal auquel ne peut se rendre Cendrillon à cause de sa condition de souillon. Ainsi se crée un manque qui lance la quête (objet : le bal). Mais grâce à la fée (adjuvant) qui lui donne des objets magiques (adjuvants), elle obtient de pouvoir s'y rendre à la condition de ne pas dépasser minuit. Elle respecte l'interdit la première fois, mais pas la deuxième, où de retour du bal, elle oublie la pantoufle de verre qui lui permettra d'être reconnue et de se marier avec le prince au détriment des autres prétendantes (opposants).

Des cendres au trône, tel est l'itinéraire exceptionnel de l'héroïne. La *réparation* n'est donc pas un retour à la situation initiale, mais une amélioration : au terme du récit, le héros triomphe au-delà de sa condition de départ. Il s'agit presque toujours d'un mariage, à part dans *Le Petit Poucet* (fortune) et dans *La Belle au bois dormant* où le récit ne s'achève que quand le couple n'a plus d'opposants (la belle-mère).

La particularité des contes de Perrault oblige à préciser quelques points. Chez Perrault, le méfait initial est l'agression que le héros subit lui-même. Aussi, sa quête se confond avec la réparation de cette agression personnelle. La recherche de l'amour et de la fortune n'est pas première, il s'agit d'abord pour lui de triompher de l'agression : fuir son père *(Peau d'âne)*, surmonter sa laideur *(Riquet)*. Ainsi le héros est le destinataire de l'action. Certes au passage Poucet aide ses parents et ses frères, les héros par leur mariage apportent le bonheur à leurs epoux/épouses. Mais ce sont des destinataires secondaires. Quant aux princes qui sauvent l'héroïne, ils occupent dans le récit peu de place et ont plus un statut d'adjuvants que de héros. Les contes de Perrault sont avant tout l'aventure d'un héros unique, qui triomphe et prend sa revanche sur une agression initiale.

En schématisant, nous dirons que le héros chez Perrault occupe à la fois les fonctions de sujet de l'action, de destinataire et de destinateur (personne d'autre que lui ne fixe sa mission). Quant à l'opposant, on remarque que ce dernier est avant tout l'agresseur qui déclenche l'aventure du héros (la famille, le conjoint, la mauvaise fée, etc.), ce qui n'empêche pas le héros de rencontrer d'autres opposants/agresseurs au cours de son aventure (l'ogre du *Petit Poucet*, la belle-mère de *La Belle au bois dormant*).

Deux contes toutefois ne suivent pas la structure narrative (méfait/réparation) du conte merveilleux : *Le Petit Chaperon rouge* et *Les Souhaits ridicules*.

La structure du conte d'avertissement : *Le Petit Chaperon rouge*

Le Petit Chaperon rouge n'est pas un conte merveilleux (même s'il comporte un élément surnaturel : le loup qui parle). Une petite fille est envoyée chez sa grand-mère (situation initiale), en chemin elle rencontre le loup. Le récit est fondé sur deux séquences en miroir : le loup dévore la grand-mère, puis la petite fille, et se clôt ainsi sur un méfait. Ce conte appartient au répertoire des contes d'avertissement destinés aux enfants : pour les prévenir d'un danger, ces contes pour être efficaces devaient se terminer mal.

La structure du conte facétieux : *Les Souhaits ridicules*

Les Souhaits ridicules n'est pas non plus un conte merveilleux (malgré la présence surnaturelle de Jupiter et de l'aune de boudin) : un pauvre bûcheron qui se plaint de sa vie (situation initiale) obtient de Jupiter la possibilité de faire trois souhaits qu'il va gaspiller stupidement. Ce récit est un conte facétieux qui repose sur une série comique de trois erreurs visant à ramener la fin à la situation initiale et à démontrer ainsi la sottise des pauvres. Un conte facétieux n'est pas fondé comme le conte merveilleux sur une structure progressive (du méfait au triomphe), mais répétitive : les actions se répètent sans évolution, répétition qui a un effet comique.

Le cas particulier de *Griselidis*

L'histoire commence en faisant du prince le héros. Celui-ci est atteint d'une tare qui lui fait voir dans toute femme une menace (méfait). Mais il parvient toutefois à se marier (réparation). Puis l'héroïne devient Griselidis. Elle subit deux séries d'épreuves et d'humiliations de la part de son mari, dont elle sort victorieuse. *Griselidis* est une nouvelle qui suit à partir de l'agression de l'héroïne la structure des contes merveilleux : histoire d'une paysanne qui épouse un prince et triomphe lorsqu'elle réussit à gagner sa confiance.

On voit que Perrault, s'il suit le plus souvent la structure typique du conte merveilleux, aime aussi s'en écarter. D'ailleurs, en y regardant de plus près, il n'est pas certain que les contes merveilleux de Perrault suivent si bien cette structure du méfait à la réparation.

UNE SUBVERSION DE LA STRUCTURE DU CONTE MERVEILLEUX ?

La structure narrative des contes merveilleux est fondamentalement positive. Le conte est une utopie : pour supporter les difficultés de la vie, les hommes ont inventé des récits dans lesquels le bien triomphe systématiquement du mal et où la victoire est certaine. Les contes sont des rêves éveillés qui permettent de compenser la dure réalité. Toutefois Perrault perturbe ce schéma général en rendant parfois incertaine l'issue de ses contes. Ce brouillage est implicite et il s'adresse à des lecteurs attentifs (adultes ?) auxquels Perrault propose un jeu malicieux qui consiste à relire le conte à partir de détails étranges. Mais il n'est pas sûr que les enfants eux-mêmes ne les perçoivent pas.

Une fin brouillée

Le cas le plus troublant se trouve dans *La Belle au bois dormant*. On apprend que le prince est fils d'une reine ogresse : ne serait-il pas alors lui-même un ogre ? On peut dès lors s'interroger sur la fin du conte : qu'est-ce qui attend la Belle et ses enfants si le beau prince est un monstre ?

On s'interrogera aussi sur la fin de *Peau d'âne*. Certes le père incestueux a finalement « banni tout désir criminel » pour aimer sa fille d'un « amour paternel » (p. 114). Mais pourquoi alors s'est-il fait aussi beau pour son mariage (nul « N'y parut avec tant d'éclat/ Que le Père de l'Épousée », p. 114) si ce n'est pour la séduire à nouveau ? Peau d'âne est-elle vraiment sortie d'affaire ?

À l'issue des *Fées*, la jeune fille se marie avec un prince, séduit avant tout par son don (il sort de sa bouche des perles et des diamants, elle permet donc de s'enrichir). Il la ramène à la cour de son père. Ne va-t-elle pas y jouer exactement le rôle de l'âne de *Peau d'âne*, c'est-à-dire un animal de foire, la trésorière du royaume ? Ce serait une fin bien cruelle, juste suggérée évidemment.

La Barbe bleue ressemble à bien des égards à un conte d'avertissement (prévenir les jeunes filles de bien choisir leur mari), sauf qu'il ne s'achève pas par la décapitation de l'héroïne. On remarquera toutefois que l'arrivée *in extremis* des deux frères apparaît comme un miracle que Perrault ne justifie par aucun élément dans le récit. Ce conte cruel ne trouve finalement une issue heureuse que par un artifice qui n'échappe ni au conteur ni au lecteur.

Dans *Le Chat botté*, la dernière ruse du chat est troublante. Il offre à son maître, au roi et à la princesse, la collation que l'ogre a préparée pour ses amis (voir p. 161). Aussi, si le fils du meunier épouse la princesse et devient riche, Perrault suggère qu'il lui aura fallu auparavant avaler une drôle de nourriture (chair humaine).

D’un conte à l’autre : des échos inquiétants

De manière plus générale, nous avons vu que la plupart des contes consacraient la victoire du héros par son mariage. Or, d’autres contes mettent en scène des violences et des conflits conjugaux *(La Barbe bleue, Griselidis, Les Souhaits ridicules).* Aussi, lorsqu’on lit ces contes non plus isolément mais dans le recueil qu’ils forment avec les autres, on est tenté de lire dans ces mariages le contraire d’une issue heureuse : toute Cendrillon est susceptible de subir le sort de la femme de la Barbe bleue ou de devenir une nouvelle Griselidis.

Ces suggestions de lecture ne signifient pas que Perrault subvertit complètement le schéma des contes merveilleux. Mais ces détails qu’il se plaît à introduire grippent par endroits la belle machine du conte. Ils installent de manière implicite un climat d’insécurité et d’incertitude, et montrent que les contes de Perrault ne sont pas si clairs ni si positifs qu’il y paraît au premier abord.

LES CHOIX ILLUSTRATIFS ET NARRATIFS DE DORÉ

L’art de l’illustration consiste à traduire en images un texte. Le premier effort de cette traduction se situe au niveau narratif. Pour Doré les questions sont les suivantes : quels contes illustrer en priorité, quels épisodes sélectionner, comment les représenter?

Le nombre d’illustrations par conte : un choix personnel

Les choix de Doré se mesurent tout d’abord par le nombre d’illustrations qu’il consacre à chaque conte. L’illustration de *Peau d’âne* (long récit) est conséquente (six images), au même titre que celle du *Petit Chaperon rouge* (trois images), de *La Barbe bleue* (quatre images), du *Chat botté* (quatre images). Le très bref *Les Fées* n’est logiquement illustré que deux fois.

L'écart le plus grand se trouve entre *Riquet à la houppe* (une seule illustration) et *Le Petit Poucet* (onze images). La faible illustration de *Riquet* tient certainement à la moindre intensité dramatique de ce conte, où ni Riquet ni sa princesse ne traversent d'épreuves véritables. C'est par ailleurs un récit moins célèbre que les autres. Les choix de Doré dépendent donc de la notoriété de tel ou tel conte. *Le Petit Poucet* en revanche est auprès du public le conte par excellence. Mais si ce conte est longuement illustré, cela tient aussi à des choix personnels, Doré étant fasciné par ce personnage et le décor de ses aventures. Perrault lui-même lui accordait une place essentielle en le plaçant à la fin du recueil en prose. La sensibilité des deux artistes se rejoint donc pour faire du *Petit Poucet* le point d'orgue de leur création.

On remarquera enfin la différence entre les deux contes *La Belle au bois dormant* (six images) et *Cendrillon*, illustré seulement trois fois alors que ce conte est extrêmement célèbre. Doré a ainsi délibérément accordé peu de place à ce conte féminin.

L'influence de la sélection des épisodes sur la signification du récit

Dans l'édition originale de 1697, chaque conte était précédé d'une vignette représentant l'épisode considéré comme le plus important du récit : pour *Le Petit Chaperon rouge*, le moment où le loup saute sur la fillette, pour *La Belle au bois dormant*, le prince réveillant la princesse, etc. Doré connaissait ces images qu'il reprend pour la plupart dans son travail, mais auxquelles il ajoute d'autres illustrations, afin de raconter par l'image le récit de Perrault. Évidemment l'illustrateur ne peut pas tout montrer : il va sélectionner les épisodes importants et faire en sorte que ses images correspondent aux séquences du récit, dans un souci de fidélité. Toutefois, traduire le récit en images c'est déjà en proposer une lecture et une interprétation. Doré laisse parfois dans l'ombre des séquences entières modifiant ainsi complètement le sens de certains contes.

La recherche de fidélité littérale est maximale dans *Le Petit Chaperon rouge* (trois images qui reproduisent les trois séquences du récit : rencontre du loup, loup et grand-mère, loup et petite fille), dans *Cendrillon* (les scènes de la métamorphose, du bal et de l'essayage de la pantoufle) et dans *Le Petit Poucet* (tous les moments forts du récit sont illustrés).

L'illustration du *Chat botté* commence avec l'épisode de la noyade, suivi de deux scènes du chat avec les paysans (chez Perrault il y en a trois : l'illustrateur condense afin d'éviter la répétition) puis de celle de la rencontre de l'ogre. Disparaissent ainsi le roi et la princesse, et donc l'histoire du fils du meunier, présent seulement dans la première image (ill. 26 → ANNEXES, p. 138) qui oppose le chat (debout à gauche et en pleine lumière) au garçon (à droite et dans l'ombre). Chaque image présente ensuite le chat dans cette même position triomphante. Aussi, à un niveau littéral, Doré n'est pas fidèle au récit de Perrault. Mais il l'est en esprit puisqu'il révèle le sens profond de ce conte, à savoir que le chat est le véritable héros de cette histoire. L'illustration est bien ici une interprétation, dont l'intérêt est de prolonger la signification du récit. Par ailleurs, on voit comment Doré a tendance, plus encore que Perrault, à réduire le conte à l'aventure d'un seul personnage afin de mettre en valeur son triomphe final.

C'est ce qu'on observe aussi dans l'illustration des *Fées* où sont représentés l'épisode de la fontaine puis celui de la rencontre du prince, au détriment de l'épisode qui voit échouer la mauvaise sœur. Ainsi le sens profond du conte (le rapport à la fratrie) disparaît pour mettre en évidence le triomphe de l'héroïne.

Dans *La Barbe bleue*, Doré accorde autant de place à l'illustration de la *réparation* (arrivée des frères et assassinat du mari) qu'à celle du *méfait* (deux images), alors que chez Perrault le dénouement est réduit à quelques lignes. Le conte cesse ainsi d'être cruel et ambigu, Doré le simplifie suivant la logique du conte merveilleux (victoire du bien sur le mal).

Dans *La Belle au bois dormant*, l'illustration se concentre sur la première séquence du conte, du moment où la princesse s'apprête à se piquer au fuseau jusqu'à son réveil grâce à l'arrivée du prince. La deuxième séquence (la reine ogresse), cruelle et ambiguë, disparaît. Il s'agit une fois encore de mettre en valeur la dimension positive du conte (on ne lit habituellement aux enfants que la première séquence de cette histoire).

Mais l'écart maximal se trouve dans *Peau d'âne*, pour la raison très simple que Doré cette fois n'illustre pas Perrault mais une version en prose moralisant l'histoire en supprimant toute l'ambiguïté de l'inceste. Dans cette version, les conseillers et un druide maléfique sont responsables du désir criminel du père. L'illustration 33 (→ ANNEXES, p. 139) oppose le château menaçant (symbole du mal) à la pauvre jeune fille représentée en victime. Or chez Perrault l'épisode des robes (non représenté par Doré) montrait l'ambivalence des sentiments de la jeune fille envers son père, séduite et prête à lui céder. De la même manière, Doré ne représente pas la scène de l'anneau ni le personnage du prince (nouvelle histoire d'amour de l'héroïne) changeant totalement le sens de ce conte qui devient l'histoire d'une jeune fille fuyant une tentation d'inceste dont ni elle ni son père ne sont responsables.

On peut tirer les conclusions suivantes de ces analyses : lorsqu'en terme de choix d'épisodes, Doré est fidèle au récit initial, cette fidélité peut aller jusqu'à renforcer et expliciter le sens profond du conte, voire la structure des récits de Perrault (réduction des contes à l'aventure d'un seul personnage). Lorsqu'il s'en éloigne, l'écart va toujours dans le même sens : Doré lève les ambiguïtés des contes et met en avant le triomphe final du héros. En cela, ses illustrations visent beaucoup plus que Perrault un public d'enfants et sont à cet égard plus conventionnelles.

Des illustrations fidèles au texte ?

Chaque image de Doré se constitue comme une scène qui isole un moment du récit et tente de l'illustrer. L'illustration fidèle est celle qui s'efforce de représenter les objets et les personnages nommés dans tel passage du récit. Doré est dans l'ensemble un illustrateur très fidèle : ses scènes représentent ce dont parle le récit de Perrault. La présence de légendes dans la table des matières de l'édition Hetzel témoigne de cette dépendance de l'illustration au texte (ces légendes sont des extraits des contes de Perrault).

Très souvent l'image est une représentation exacte d'une scène du texte : on parle alors d'*illustration de situation*. Ainsi dans *La Barbe bleue*, la légende « S'il vous arrive de l'ouvrir, il n'y a rien que vous ne deviez attendre de ma colère » est illustrée par la scène du mari tendant la clé et s'adressant à son épouse (ill. 39 → ANNEXES, p. 141), éléments présents dans le récit, auxquels Doré ajoute le doigt levé et les yeux menaçants qui traduisent parfaitement l'esprit de la scène. Doré peut donc ajouter des éléments qui ne se trouvent pas dans l'épisode narré, mais qui correspondent tout à fait à sa signification. Dans la scène de *La Belle au bois dormant* où la princesse se pique au fuseau (ill. 17 → ANNEXES, p. 134), la présence d'un chat vu de dos et d'un corbeau à l'arrière-plan symbolise le mauvais présage et anticipe sur les conséquences de l'épisode. Dans la scène du *Chat botté* où le chat rencontre l'ogre, est représentée très précisément la collation et notamment un récipient rempli de corps de nouveau-nés : aux lecteurs qui n'auraient pas compris ce que mangent le roi et ses acolytes à la fin du conte, Doré fournit un décryptage explicite.

Doré peut aussi condenser deux scènes en une : ainsi dans l'illustration très fidèle de l'épisode des rôtisseurs (ill. 30), c'est Riquet qui explique à la princesse la scène, alors que chez Perrault, c'est un des rôtisseurs (voir p. 185) : un moyen pour Doré de représenter à la fois les deux héros et le banquet.

Mais le rapport illustration/texte peut conduire à de profonds décalages, comme dans *Cendrillon*. Nous avons vu que pour ce conte, Doré sélectionnait les épisodes marquants du récit. Le décalage va venir cette fois de la manière dont il les représente. Ainsi la scène du bal, merveilleuse chez Perrault, devient chez Doré inquiétante (ill. 24) : on y voit une foule menaçante entourer la jeune femme, et le jeune prince est un vieillard. Il y a ainsi décalage entre l'image et la légende (« Ah ! qu'elle est belle ! ») qui modifie totalement la signification du conte (→ REPÈRES, p. 24).

Le réseau des images : des échos inquiétants

Comme les contes de Perrault, les illustrations de Doré forment un réseau dans lequel des éléments reviennent. Il ne faut donc pas lire indépendamment l'illustration de chaque conte mais être sensible à ces jeux de renvois par lesquels Doré crée une œuvre originale et des effets de sens passionnants. Ainsi dans la scène où Cendrillon essaie la pantoufle sous le regard lubrique des vieillards (ill. 25 → ANNEXES, p. 137), on voit au premier plan un chat de dos, signe de mauvais présage (voir le chat de la scène du fuseau dans *La Belle au bois dormant*, ill. 17 → ANNEXES, p. 134). C'est dire que le mariage de Cendrillon apparaît chez Doré comme une mise à mort.

Enfin, dans les illustrations de Doré, nous avons deux scènes où l'on voit un personnage de dos se précipiter vers un autre couché dans un lit : celle du loup et de la grand-mère dans *Le Petit Chaperon rouge* (ill. 4), celle du prince et de la princesse dans *La Belle au bois dormant* (ill. 22 → ANNEXES, p. 136). Par un jeu de renvois, le prince est ainsi rapproché du loup, et du même coup du statut d'ogre, ce que Perrault suggérait dans son conte. Finalement, comme Perrault, Doré joue par endroits à remettre en cause le dénouement heureux des contes.

Les personnages de Perrault et de Doré

Un illustrateur ne peut pas représenter tous les personnages que contient une œuvre littéraire. Les personnages de Doré sont donc logiquement moins nombreux que ceux de Perrault. On comparera le traitement que leur réservent les deux artistes, à partir des trois grandes oppositions sur lesquelles se fonde leur organisation dans un conte merveilleux : les Puissants et les Pauvres, les Parents et les Enfants, les Hommes et les Femmes.

DES PERSONNAGES SANS ÉPAISSEUR PSYCHOLOGIQUE

Il faut rappeler que contrairement aux personnages de romans, ceux des contes ne font l'objet d'aucune caractérisation psychologique.

Les bons et les mauvais : la répartition manichéenne des personnages

Dans les contes, les personnages se répartissent de manière manichéenne. Les héros sont du côté du bien et ils sont dotés de qualités supérieures. Leurs agresseurs sont du côté du mal et ils concentrent laideur et monstruosité.

Dans ses illustrations, Doré marque aussi ces oppositions : la beauté de la belle au bois dormant s'oppose ainsi à la monstruosité de l'ogre du *Petit Poucet*, de la Barbe bleue et de l'ogre du *Chat botté*.

Des personnages identifiés par leur surnom

La plupart des personnages principaux n'ont pas de nom. Ils sont désignés poétiquement par un surnom qui repose sur un détail concret auquel ils s'identifient entièrement, et qui donne son titre au conte : « Peau d'âne », « la Barbe bleue », « Cendrillon », « Riquet à la houppe ». Ce surnom contient les caractéristiques du personnage, de sorte qu'on peut dire qu'il les résume : « le chat botté » signale le détail vestimentaire qui humanise l'animal, « le petit Poucet » contient trois fois l'idée de petitesse (« petit ». « pouce », suffixe « – et »).

Lorsque Doré s'empare de ces personnages, il lui suffit de rappeler ces caractéristiques : ainsi Poucet est minuscule, le chat botté est tout en bottes, la Belle dort dans un château envahi par le bois. Dans ces images en noir et blanc, les couleurs disparaissent : mais la perte du bleu de la barbe bleue est compensée par l'importance que Doré donne à la barbe (ill. 39 → ANNEXES, p. 141), celle du rouge du chaperon rouge par la représentation de la galette et du pot de beurre qui, tout autant que le chaperon, identifient la fillette (ill. 6 → ANNEXES, p. 131). On peut regretter toutefois que Doré n'ait pas cherché à donner de la troublante « peau d'âne » une représentation plus forte (ill. 35).

L'ORIGINE SOCIALE DES PERSONNAGES

Les personnages de Perrault comme ceux de Doré sont caractérisés socialement.

Des personnages issus de toutes les couches sociales

On apprend que le petit chaperon rouge est une « fille de Village » (p. 143), que Riquet est un prince, et que l'héroïne de *La Barbe bleue*, dont la mère est « Dame de qualité » (p. 149) et dont les frères sont « l'un Dragon[1] et l'autre Mousquetaire » (p. 153), est une aristocrate ; son mari, « un homme qui avait de belles maisons à la Ville et à la Campagne » (p. 149) est un riche bourgeois, tout comme l'ogre du *Petit Poucet*.

Doré traduit ces caractéristiques sociales dans les parures aristocratiques de la princesse de *La Belle au bois dormant* par exemple, ou en opposant les haillons et la mine creusée des parents de Poucet (ill. 7) à l'embonpoint et aux riches vêtements de l'ogre et de sa femme (ill. 5 → ANNEXES, p. 130).

Aucune de ces couches sociales ne représente le bien ou le mal. Héros, agresseurs, adjuvants se trouvent aussi bien dans l'aristocratie, le peuple ou la bourgeoisie.

Une atténuation du conflit de classes

La caractérisation sociale des personnages dans les contes populaires conduisait à faire du conflit de classes un enjeu essentiel. La plupart du temps, ils aboutissaient au mariage d'un personnage du peuple avec un prince ou une princesse. Cette situation n'est présente chez Perrault que dans *Griselidis* et dans *Le Chat botté*. Les autres mariages se font au sein des dynasties royales (*Riquet à la houppe, La Belle au bois dormant*) ou sont des alliances entre la bourgeoisie et l'aristocratie (*Cendrillon* et *La Barbe bleue*) : l'enjeu social dans les contes de Perrault est déplacé dans la haute société et ne constitue pas une question essentielle (Perrault n'insiste pas sur cet aspect).

Quant aux illustrations de Doré, même si elles représentent pauvres et puissants, elles ne font en aucune manière du conflit social un enjeu dramatique. De Perrault à Doré, on observe donc une atténuation progressive de la dimension sociale du conte au profit d'enjeux plus psychologiques (rapports parents/enfants, hommes/femmes).

1. *Dragon :* soldat de cavalerie.

Si Doré s'accorde avec Perrault pour faire de l'enfant une victime, le conteur a une prédilection pour la représentation de la violence parentale et des conflits au sein de la fratrie, tandis que l'illustrateur représente un enfant solitaire.

Des parents terribles de Perrault à l'enfant victime de Doré

Dans les contes de Perrault, ce sont les parents qui sont les principaux agresseurs. C'est là une configuration qui frappe par sa récurrence. Ces contes à ce titre sont une chronique de la violence familiale. Les pères sont terribles : ils assassinent (l'ogre et ses fillettes dans *Le Petit Poucet*), désirent sexuellement leur fille (*Peau d'âne*), abandonnent leurs enfants (*Le Petit Poucet*). Les mères ne sont pas en reste : elles exercent des mauvais traitements (*Les Fées*), négligent de prévenir du danger (*Le Petit Chaperon rouge*). Le personnage de la marâtre (la belle-mère) concentre tous les défauts : celle de *La Belle au bois dormant* cherche à tuer belle-fille et petits-enfants, celle de *Cendrillon* humilie et punit.

Ces parents terribles sont moins présents chez Doré. Ceux du petit Poucet sont de pauvres gens attentifs à nourrir leurs enfants : on notera tout de même la présence de la hache sur le dos du père signifiant par un détail sa monstruosité (ill. 10). Le père de Peau d'âne est ambivalent, à la fois inoffensif (ill. 31) et terrifiant (ill. 33 ➜ ANNEXES, p. 139 et REPÈRES, p. 12). L'illustration du *Petit Poucet* qui représente l'ogre égorgeant ses fillettes concentre toute l'horreur de la violence faite aux enfants (ill. 15). Mais globalement, Doré accorde peu de place à la représentation des conflits familiaux (peut-être par convention : la famille bourgeoise est son public). Il s'attache en revanche à représenter l'enfant en position de victime : c'est la faible fillette face au loup dans *Le Petit Chaperon rouge* (ill. 6 ➜ ANNEXES, p. 131), les minuscules frères face à l'ogre dans *Le Petit Poucet* (ill. 14), la pathétique Peau d'âne quittant le foyer paternel (ill. 34). Les yeux terrifiés des enfants du frontispice (→ ILLUSTRATION 1, p. 29), dont les visages poupons rappellent ceux du petit chaperon rouge et des fillettes du *Petit Poucet*, montrent bien que pour Doré comme pour Perrault les contes ne sont pas un havre de paix pour les enfants.

Le personnage ambivalent de la vieille dame chez Doré

Un personnage prend une importance particulière chez Doré, celui de la vieille dame, représentée à quatre reprises sous des traits identiques : c'est la gentille grand-mère du frontispice qui terrorise pourtant les enfants avec ses contes (→ ILLUSTRATION 1, p. 29), celle du petit chaperon rouge (ill. 4), la fée ambiguë de *Cendrillon* qui envoie la jeune fille à un mariage avec un vieux prince inquiétant (ill. 23) et la vieille fileuse de *La Belle au bois dormant* aux signes maléfiques (corbeau, chat et fuseau, ill. 17 → ANNEXES, p. 134). La vieille dame est donc chez Doré un personnage ambivalent, qui se substitue presque aux parents terribles de Perrault.

La place du cadet chez Perrault

L'indignité des parents chez Perrault se manifeste aussi dans la préférence qu'ils accordent à l'un de leurs enfants au détriment d'un autre, souvent parce qu'il leur ressemble. La violence se déplace alors au cœur de la fratrie, et le cadet devient le souffre-douleur de ses frères et sœurs. Six contes sur onze mettent en scène le personnage du cadet agressé : en dehors des contes où ce personnage est explicitement identifié, on apprend que la jeune épouse de *La Barbe bleue* est la cadette, tout comme la sœur laide de *Riquet à la houppe* qui de plus est une jumelle, jumeaux que l'on retrouve dans *Le Petit Poucet* (Perrault nous dit que la mère faisait ses enfants par deux, voir p. 191).

L'enfant unique chez Doré

Le thème de la fratrie n'intéresse pas Doré : le cadet est remplacé par l'enfant unique. On trouvera tout au plus les deux sœurs mauvaises de *Cendrillon* à l'arrière-plan de la scène de la pantoufle (ill. 25 → ANNEXES, p. 137). Quant au petit Poucet, il est toujours représenté à l'écart de ses frères : c'est un héros solitaire.

PERSONNAGES FÉMININS ET MASCULINS

L'opposition la plus manifeste entre l'écrivain et l'illustrateur se trouve dans le traitement des personnages masculins et féminins.

Les héroïnes de Perrault

Les personnages féminins peuvent être positifs ou négatifs. Mais il faut remarquer que sept des onze contes ont une fille pour personnage principal. Ces héroïnes sont en position de victimes et elles s'en sortent grâce à leurs qualités : Griselidis par sa patience, l'épouse de la Barbe bleue par son optimisme (nourrissant l'espoir de voir ses frères arriver, elle retarde le moment fatal où son époux doit l'égorger), l'héroïne des *Fées* par sa gentillesse ; Peau d'âne sait séduire le prince, la coquette Cendrillon ne se laisse pas faire et obtient d'aller au bal. Seules la belle au bois dormant et le petit chaperon rouge sont des héroïnes passives, et à part cette dernière, toutes accomplissent à la fin leur rêve de mariage.

Les contes de Perrault sont des contes féminins. Ils mettent en scène des rêves de jeunes filles (*La Belle au bois dormant, Cendrillon, Les Fées...*) ou les avertissent des dangers qui rôdent (*Le Petit Chaperon rouge, La Barbe bleue*). Les personnages masculins, eux, manquent souvent de virilité.

Les personnages masculins de Perrault : une virilité contestée

Les princes que les héroïnes épousent ne jouent presque aucun rôle. Celui de *Peau d'âne* et celui de *Cendrillon* se contentent de demander l'épreuve de l'anneau et de la pantoufle ; aucun ne mène de combat (épreuve typiquement masculine) pour obtenir la main de sa future épouse : le prince de *La Belle au bois dormant* se contente de traverser le bois qui s'ouvre par magie devant lui, et sa mère se suicide sans qu'il n'ait rien à faire. Les autres personnages masculins sont faibles : ils se font mener par le bout du nez par leur femme (Blaise dans *Les Souhaits ridicules*, le père de Cendrillon) ou par leur valet (le héros du *Chat botté* se caractérise par une impuissance à agir remarquable). Les pères sont absents dans *Le Petit Chaperon rouge, Les Fées, La Barbe bleue, Riquet à la houppe.*

Les seuls héros masculins actifs sont le chat botté, le petit Poucet et Riquet. On remarque que les deux premiers triomphent par la ruse et non la force, et qu'aucun des deux ne se marie (ils ne font donc pas la preuve de leur virilité); le disgracieux Riquet triomphe également par son esprit des réticences de sa princesse.

On trouve par ailleurs de nombreux modèles de maris sadiques et d'hommes agressifs. L'ambivalence du prince de *La Belle au bois dormant*, qui laisse tranquillement (perversement ?) sa femme et ses enfants à sa mère ogresse, est totale. Derrière tout époux chez Perrault se cache donc un monstre en puissance : la violence n'est pas seulement familiale dans les contes, mais aussi conjugale et sexuelle. Et cette violence, loin d'être le signe d'une puissance masculine, est bien souvent le signe de l'impuissance. Blaise ne rêve pas pour rien d'une « aune de boudin », il cherche par là à compenser son sentiment de faiblesse. Le mari de Griselidis est en réalité terrorisé par les femmes, et c'est de la même manière qu'il faut interpréter les meurtres de *la* Barbe bleue, ce monstre masculin au surnom étrangement féminin. L'agressivité des hommes chez Perrault est le signe de leur faiblesse.

Des aventures plus masculines chez Doré

Les choses ont tendance à s'inverser chez Doré. En se concentrant sur la première séquence de *La Belle au bois dormant*, l'illustration met l'accent sur l'aventure du prince, présent dans la quasi-totalité des images, éveillant la jolie princesse qui l'attend à moitié dévêtue dans son lit (ill. 22 → ANNEXES, p. 136). Doré prive les lectrices de *Cendrillon* de leur rêve en faisant du prince un vieil homme. Les héros masculins que sont le petit Poucet et le chat botté occupent dès lors une place centrale dans l'œuvre de Doré, même s'ils ne sont pas des hommes accomplis (on remarquera à cet égard la posture très féminine du chat de Doré).

Les personnages féminins de Doré : de jolies victimes

Les personnages féminins de Doré sont le plus souvent en position de victimes passives. Doré confère à ce statut un certain érotisme, discret certes (il s'adresse aux familles et aux enfants) mais bien présent.

Cet érotisme est manifeste dans la représentation du petit chaperon rouge au lit avec le loup, cheveux dénoués et épaule nue, Doré traduisant à la perfection l'ambiguïté fillette/femme du personnage de Perrault (ill. 3 → ANNEXES, p. 129). On notera de même la représentation de Peau d'âne en jolie bergère au bord de la rivière et simplement vêtue de sa peau (ill. 35), ou encore le joli visage de la petite épouse de la Barbe bleue (ill. 39 → ANNEXES, p. 141) sous le regard tyrannique de son mari (affublé d'une plume à son chapeau qui le ridiculise).

PERSONNAGES SURNATURELS ET ANIMAUX

Dans les illustrations de Doré, les personnages surnaturels sont en nombre réduit et ils sont remplacés par un bestiaire. Mais malgré cette différence essentielle, Doré rejoint Perrault en rendant les personnages merveilleux ambivalents. Aussi, c'est sur ce brouillage de la répartition manichéenne des personnages surnaturels et plus généralement de la féerie que les deux artistes finalement se retrouvent.

Les personnages surnaturels

On peut compter chez Perrault : douze fées, qui accordent des dons (*La Belle au bois dormant, Les Fées, Riquet*) ou qui protègent et donnent des objets magiques (les fées marraines dans *Peau d'âne* et *Cendrillon*), dix ogres ou ogresses (*Le Petit Poucet*, *La Belle au bois dormant* et *Le Chat botté*), auxquels il faut ajouter un nain et des dragons (*La Belle au bois dormant*), un âne qui crotte de l'or (*Peau d'âne*), Jupiter (*Les Souhaits ridicules*), le chat botté et le loup humain du *Petit Chaperon rouge*.

On ne retrouve plus chez Doré que le loup et le chat, deux fées (*Cendrillon* et *Les Fées*) et sept ogres (celui du *Chat botté*, celui du *Petit Poucet* et seulement cinq fillettes ogresses).

Le bestiaire de Doré

Cette faible représentation des personnages merveilleux est compensée par l'apparition de toute une série d'animaux que l'on retrouve d'un conte à l'autre et qui sont une création originale de Doré : animaux réels et amicaux (le chien et le chat du *Petit Poucet*, ill. 7 et 11), autruches, éléphants, dromadaires et animaux fabuleux (mariage de Peau d'âne, ill. 36 → ANNEXES, p. 140), squelettes d'oiseaux et de batraciens (*Le Petit Poucet*, ill. 15), mouton magique (*Peau d'âne*, ill. 34), animaux de mauvais augure (chat et corbeau, ill. 17 → ANNEXES, p. 134), créature chimérique (la femme/félin/vampire de *La Barbe bleue*, ill. 42 → ANNEXES, p. 143).

L'ambivalence des personnages merveilleux

Doré a su parfaitement rendre l'ambivalence du loup du *Petit Chaperon rouge* : il le représente en animal mais en même temps la manière dont son corps entoure celui de la fillette évoque le séducteur (ill. 6 → ANNEXES, p. 131). De même pour le chat botté : Perrault joue sur sa double nature (il est homme par son esprit et sa parole et pourtant continue à poursuivre des souris); Doré le

représente alors en gentilhomme (debout, botté, chapeau
fait pendre une souris à sa ceinture (ill. 26 → ANNEXES, p. 13
chat chez Perrault est inquiétant : il menace, exproprie, ma
l'ogre, il est l'âme noire du fils du meunier qu'il aide tout autan
qu'il dévore ; Doré en rend compte en représentant le fils du meunier terrorisé et dans l'ombre du chat.

La frontière entre humain et monstre n'est pas clairement définie chez Perrault, comme le montrent les personnages de maris monstrueux ou de reine ogresse ; Doré rend compte dans ses illustrations de cette ambivalence, par exemple par la représentation de la Barbe bleue, dont les yeux évoquent ceux de l'ogre du *Petit Poucet*.

Enfin, la féerie elle-même est ambivalente chez Perrault, comme le montre le pluriel du titre *Les Fées* (dans le conte il s'agit d'une seule et même fée) : la fée est à la fois celle qui fait le bonheur de l'une et celle qui fait le malheur de l'autre. Doré matérialise cette ambivalence en donnant de la fée une représentation particulièrement inquiétante (ill. 37).

Le personnage de la vieille fée maléfique de *La Belle au bois dormant* contribue également à faire des fées des personnages ambivalents chez Perrault : on ne sait si elle s'identifie ou non avec la vieille fileuse dont le fuseau piquera la main de l'héroïne (voir p. 132-133) ; Doré semble trancher en faveur de l'identification puisqu'il l'affuble d'un corbeau, signe maléfique (ill. 17 → ANNEXES, p. 134). N'oublions pas que « fée » vient du latin *fatum* (le destin) et que les *fata* sont les femmes qui tissent le fil de nos vies pour le pire et le meilleur. Et de même que ce personnage de *La Belle au bois dormant* ressemble à la grand-mère du frontispice chez Doré (→ ILLUSTRATION 1, p. 29), la fileuse de Perrault rappelle étrangement la vieille nourrice au fuseau du frontispice de l'édition de 1697 (→ ILLUSTRATION, p. 7).

Ainsi Doré et Perrault identifient la voix du conte (la nourrice ou la grand-mère s'adressant aux enfants) à cette fée/fileuse présidant à nos destinées. Et pour l'un comme pour l'autre, le conte de fées relève tout autant de la magie blanche que de la magie noire.

merveilleux et alisme chez Perrault

Les contes promettent à leurs lecteurs un voyage dans la féerie. Mais en même temps, Perrault n'utilise le merveilleux qu'avec sobriété et joue avec lui. Ses contes sont de plus des récits codés renvoyant aux réalités du XVIIe siècle. Ce mélange de merveilleux et de réalisme est un des ressorts de l'humour et du burlesque de Perrault.

LE MERVEILLEUX AU TEMPS DU CLASSICISME

Le merveilleux, une catégorie propre au genre du conte

Les contes instaurent un ordre merveilleux qui rompt avec l'univers de référence réaliste des romans. Le propre d'un conte merveilleux est que la présence du surnaturel va de soi : le merveilleux est un univers où « les éléments surnaturels ne provoquent aucune réaction particulière ni chez les personnages, ni chez le lecteur », selon Tzvetan Todorov[1].

En entrant dans les contes, les lecteurs (enfants et adultes) abandonnent leurs défenses et s'adonnent volontairement à un monde de fées et d'ogres, d'objets aux pouvoirs magiques. Nul ne s'étonne ainsi qu'une barbe soit bleue, une clé fée ou qu'on danse avec des pantoufles de verre. La matière n'est plus inerte mais

1. *Introduction à la littérature fantastique*, Paris, Le Seuil, coll. « Points », 1976, p. 59.

métamorphique (les citrouilles se transforment en carrosse) ; il n'y a plus de séparation entre animal et humain (les loups et les chats parlent) et on se joue des limites spatio-temporelles : les plus grandes distances sont franchies en quelques instants (grâce aux bottes de sept lieues), une princesse peut dormir cent ans puis se réveiller aussi fraîche.

« Il était une fois », la phrase qui ouvre les contes en prose à l'exception du *Chat botté*, ne renvoie ni à une époque précise ni à un passé légendaire : le conte est atemporel. Au seuil du récit, son rôle est fonctionnel : faire passer le lecteur du réel au merveilleux. C'est la formule magique du conte de fées.

Un merveilleux épuré

Le classicisme du XVIIe siècle est une esthétique de la mesure et de la raison. Perrault lui-même est un classique : il traite donc le merveilleux en classique, c'est-à-dire avec sobriété. Lorsqu'on compare le nombre de ses personnages surnaturels (→ PROBLÉMATIQUE 7, p. 86) et de ses objets magiques, à celui qu'on trouve dans les contes de fées de ses contemporaines ou dans les contes populaires, on s'aperçoit qu'il est finalement assez réduit. Les bottes de sept lieues apparaissent dans *La Belle au bois dormant* pour ne revenir que dans le dernier conte en prose, *Le Petit Poucet* (ces deux contes concentrent d'ailleurs presque toutes les fées et tous les ogres), on trouve deux baguettes magiques (*Cendrillon, Peau d'âne*), quelques dons, des parures (*Cendrillon, Peau d'âne*), un animal magique (l'âne d'or), une clé fée (*La Barbe bleue*). Perrault procède ainsi à une épure du merveilleux.

Un merveilleux rationalisé

Cette épure correspond à la méfiance de Perrault à l'égard du merveilleux. Le classicisme est une esthétique de la rationalité et Perrault le cartésien a combattu durant toute sa vie les superstitions. Aussi, tout en utilisant les ressorts du merveilleux populaire, il le tient à distance et s'emploie à le rationaliser. Ainsi la métamorphose finale de Riquet ne tient pas au don des fées mais à l'amour que lui porte la princesse (voir p. 187) et dans *Cendrillon*, « *La bonne grâce est le vrai don des Fées* » (p. 177) : la féerie n'est plus dès lors qu'une allégorie renvoyant à des problématiques psychologiques (l'amour, la gentillesse), comme dans une nouvelle.

Dès qu'il le peut, Perrault cherche d'ailleurs à démontrer la supériorité des qualités humaines sur les pouvoirs d'une féerie devenue parfaitement inefficace : ainsi la ruse du chat botté ou de Poucet triomphe de l'ogre. À l'occasion même, la féerie est un handicap : l'ogre du *Petit Poucet* est obligé de faire un somme « car les bottes de sept lieues fatiguent fort leur homme » (p. 198).

UN MERVEILLEUX AU SECOND DEGRÉ

Si Perrault écrit pour les enfants, il écrit aussi pour un public adulte et cultivé, qui voit dans le merveilleux un jeu littéraire au second degré. Ce jeu avec le merveilleux est l'une des manifestations constantes de l'humour de Perrault dans les contes.

Des objets magiques parodiques

Non contents d'être ambivalents (comme la clé fée de *La Barbe bleue* qui piège l'héroïne ou l'âne de *Peau d'âne* qui sert tour à tour le roi et sa fille), les objets magiques chez Perrault contribuent à la parodie[1] de la féerie. Pourquoi s'embarrasser par exemple d'une cassette voyageant sous terre, alors qu'il aurait suffit de faire apparaître les robes de *Peau d'âne* d'un simple coup de baguette magique, si ce n'est pour ridiculiser le merveilleux? Que dire de cette « pantoufle de verre » avec laquelle danse Cendrillon, ce soulier magique devenu au fil du temps l'emblème du merveilleux mais qui, par son invraisemblance absolue (rien de plus cassable que le verre!), pourrait avoir été choisi par Perrault précisément pour se moquer de l'invraisemblance des contes de fées?

1. Parodier consiste à caricaturer quelque chose (ici, le merveilleux) par le biais de l'exagération dans le but de faire rire (ici dans le but de se moquer du merveilleux).

Dans l'épisode des métamorphoses de *Cendrillon* (voir p. 173), conçu habituellement comme un festival de magie, Perrault nous convie en réalité dans les coulisses et nous montre comment on fabrique, quand on est un écrivain, de la féerie : la citrouille devient un carrosse par analogie de forme, les souris se transforment en chevaux par jeu de mots (« d'un beau gris de souris pommelé »), les lézards en laquais par ressemblance physique (leur queue rappelle leur tunique) et comportementale (on disait des laquais qu'ils étaient fainéants, comme les lézards). Nulle autre baguette magique ici que celle de la littérature.

La destruction de l'illusion féerique par l'ironie

Perrault s'emploie systématiquement à détruire l'illusion féerique par des commentaires ironiques[1]. À ceux qui s'étonneraient que le petit Poucet puisse chausser les grandes bottes de l'ogre, il suffit à Perrault de sortir de son chapeau une explication féerique, aussi imparable qu'artificielle : « mais comme elles étaient Fées, elles avaient le don de s'agrandir et de s'apetisser » (p. 199). Il feint de croire à un temps où les fées auraient existé (« comme c'était la coutume des Fées en ce temps-là », *La Belle au bois dormant*, p. 131) ou d'expliquer très sérieusement que les bottes de sept lieues sont « des bottes avec lesquelles on faisait sept lieues d'une seule enjambée » (p. 133). Et grâce à ces bottes, nous dit Perrault, la jeune fée qui se trouvait « à douze mille lieues de là [...] fut avertie en un instant par un petit Nain ». Faisons le calcul : même avec de telles bottes, c'est impossible. Perrault caricature la féerie jusqu'à l'absurde.

Alors que nous sommes en plein merveilleux, il s'amuse aussi à faire croire que ses histoires sont réelles. Il propose ainsi au *Petit*

1. L'ironie consiste à affirmer quelque chose tout en faisant comprendre que c'est le contraire qui est vrai : ici, en feignant de donner des explications au merveilleux, Perrault cherche en fait à mieux faire ressortir son caractère factice.

Poucet un deuxième dénouement qu'il affecte de croire plus crédible que le premier, parce qu'il reposerait sur un témoignage bien réel : « Ces gens-là assurent le savoir de bonne part, et même pour avoir bu et mangé dans la maison du Bûcheron. » (p. 199). Mais en feignant de prouver la réalité de ce qu'il raconte, Perrault en fait souligne le caractère totalement fictif de son récit et amuse ainsi ses lecteurs.

Un jeu sur les conventions littéraires

Le conteur joue aussi à donner d'un même événement deux explications normalement inconciliables. Ainsi écrit-il lors de l'épisode où la princesse se pique, dans *La Belle au bois dormant* : « Elle n'eut pas plus tôt pris le fuseau, que comme elle était fort vive, un peu étourdie, et que d'ailleurs l'Arrêt des Fées l'ordonnait ainsi, elle s'en perça la main, et tomba évanouie » (p. 133). De deux choses l'une : ou bien nous sommes dans un conte merveilleux et la princesse se pique à cause des fées, ou bien nous sommes dans une nouvelle réaliste et elle se pique pour des motifs psychologiques (son étourderie). Perrault joue en fait l'une contre l'autre la logique du conte merveilleux et celle des nouvelles classiques. Il se moque des deux en se jouant des conventions littéraires.

LE RÉALISME DES CONTES

Des contes repeints aux couleurs du XVIIe siècle

Alors que les contes sont censés exprimer des questions universelles et se dérouler dans un univers atemporel, alors que le merveilleux est censé faire oublier la réalité et ces histoires venir du « temps passé », Perrault au contraire les plonge dans l'univers bien concret du XVIIe siècle : les contes de Perrault sont des récits écrits à destination de ses contemporains qui y retrouvent un miroir fidèle de leur époque. Toutes les classes sociales y sont représentées, les fastes de l'aristocratie, les ambitions de la bourgeoisie montante, le monde paysan avec ses travaux des champs, sa misère et sa famine, fréquente au XVIIe siècle. Ce souci réaliste va jusqu'à la description précise des mœurs culinaires : eau et pain noir pour le père paysan de Griselidis, viandes en tous genres pour les rois et les princesses.

Le reflet des préoccupations de la haute société

Mais dans les contes de Perrault, la réalité est décrite avant tout à travers le regard d'un bourgeois s'adressant à un public mondain. Aussi reflètent-ils d'abord l'univers de la haute société. Les mariages princiers sont l'occasion de longues descriptions qui évoquent les grandes fêtes de cour (voir *Peau d'âne*, p. 114). *Griselidis* décrit longuement une chasse royale en utilisant le vocabulaire consacré (faire « donner le Cerf au chien », p. 63). Les dons que la princesse reçoit au début de *La Belle au bois dormant* résument les qualités idéales d'une jeune fille de haute naissance (voir p. 132). Son réveil est suivi d'une description du château qui évoque Versailles et les diverses charges des officiers (« Ils passèrent dans un Salon de miroirs, et y soupèrent, servis par les Officiers de la Princesse », p. 136). Le narrateur s'attarde aussi sur les signes de richesse; ainsi la demeure de la Barbe bleue est un modèle d'intérieur bourgeois, avec tout le luxe et le dernier cri en matière de mobilier : « Elles montèrent ensuite aux garde-meubles, où elles ne pouvaient assez admirer le nombre et la beauté des tapisseries, des lits, des sofas, des cabinets, des guéridons, des tables et des miroirs, où l'on se voyait des pieds jusqu'à la tête » (p. 150). Perrault fait aussi référence à la mode féminine de son époque, en particulier dans *Cendrillon* et *Peau d'âne*.

Ces contes d'origine populaire cessent d'évoquer les préoccupations du peuple pour refléter celles de la société mondaine. *Cendrillon* n'est plus le fantasme de la petite fille du peuple mais celui de la jeune bourgeoise qui rêve d'un mariage princier. Quant au petit Poucet, il devient à la fin un parfait courtisan : il s'enrichit en devenant messager du roi et achète « des Offices de nouvelle création pour son père et pour ses frères » (p. 200).

HUMOUR ET RÉALISME

Le réalisme chez Perrault a d'abord et surtout une fonction humoristique, qui va dans le sens de la satire et du burlesque.

Un réalisme satirique

Perrault s'attache à décrire les travers de son époque, procédant comme les moralistes de son temps (La Bruyère, Molière) qui observent les hommes pour se moquer de leurs folies. Toutes les catégories y passent. Ainsi le pouvoir royal est ridiculisé dans *Peau d'âne* : le roi tient sa fortune des excréments d'un âne. Les aristocrates désargentés sont prêts à des alliances monstrueuses avec la bourgeoisie montante dans *La Barbe bleue*. C'est alors l'occasion pour Perrault de faire la satire de la vénalité des Offices : les beaux-frères du mari achètent, grâce à la fortune du monstre, des charges de capitaine (voir p. 153). Le peuple est l'objet principal de cette satire sociale du bourgeois Perrault : sa bêtise fait qu'il mérite sa condition (*Les Souhaits ridicules*); il est imprévoyant et irresponsable (ainsi au moindre argent, la mère de Poucet se précipite et achète trois fois trop de viande, voir p. 193).

Les hommes sont inconstants (le père de Peau d'âne ne pense qu'à se remarier alors que son épouse n'est pas encore morte), stupides (Blaise dans *Les Souhaits ridicules*), mais ce sont surtout les femmes qui font l'objet de la critique du conteur. Perrault ne fait ici que reprendre une longue tradition littéraire française qui fait de la femme un thème satirique privilégié : elles sont ainsi curieuses (*La Barbe bleue*), bavardes (le boudin pendant au nez de Fanchon l'empêche enfin de parler, voir p. 122), superficielles et trompeuses. *Griselidis* met en avant le thème de la malice que les femmes exercent aux dépens de leur mari (voir p. 58). Pour plaire, elles sont prêtes à tout, comme changer « d'habit et de [illegible] (*Griselidis*, p. 68). Suivant aveuglément la mode, se jalousan[illegible] unes les autres, les demoiselles du bal de Cendrillon « étaient attentives à considérer sa coiffure et ses habits, pour en avoir dès le lendemain de semblables » (p. 174). Même Peau d'âne est une coquette qui sait qu'elle est observée par le prince, car « la femme est si drue/ Et son œil va si promptement/ Qu'on ne peut la voir un moment/ Qu'elle ne sache qu'on l'a vue » (p. 110).

Un réalisme burlesque

Ces notations réalistes, plus ou moins développées, sont ressenties à chaque fois par le lecteur comme des intrusions. Alors que le récit baigne dans une atmosphère merveilleuse et immémoriale, il est soudain ramené à des considérations concrètes et propres au XVIIe siècle, dans un saisissant effet d'anachronisme. Ces décalages comiques sont propres au registre burlesque. Ainsi par exemple, au réveil du sommeil de cent ans de la belle au bois dormant, moment magique par excellence, Perrault note que le prince « se garda bien de lui dire qu'elle était habillée comme [sa] mère-grand, et qu'elle avait un collet monté » (p. 136). Le récit tombe ainsi dans le prosaïsme : effectivement après cent ans, une robe est démodée. Les collets montés étaient portés par les dames au XVIe siècle : la malice est immédiatement perçue par les aristocrates du XVIIe siècle. Un peu plus loin, la terrible reine ogresse veut « manger à la Sauce-robert » (p. 138) la Belle et ses enfants : c'est là une allusion à une préparation aux oignons courante à l'époque.

La saveur des contes de Perrault tient à l'humour de leur auteur et à leur mélange si particulier de féerie et de réalisme, d'émotion et d'ironie. Tout en restant merveilleux, ces contes sont aussi des jeux littéraires malicieux, multipliant ainsi les plaisirs de lecture.

fantastique ez Doré

Les contes classiques de Perrault sont repeints par Doré aux couleurs du romantisme ; le merveilleux glisse alors vers le fantastique. Les images de Doré ne relèvent pas toutes du registre fantastique, que l'on trouve essentiellement dans l'illustration du *Petit Chaperon rouge*, du *Petit Poucet* et de *La Barbe bleue*. Mais ce registre a donné les images les plus fascinantes et les plus célèbres du livre illustré par Doré.

DU MERVEILLEUX AU FANTASTIQUE

La quasi-disparition du merveilleux

Il est frappant de remarquer, alors que Doré s'adresse en partie à un public enfantin qui ne demande qu'à rêver, que la quasi-totalité des objets et des personnages merveilleux des contes disparaissent de ses illustrations. Et encore, lorsqu'ils sont présents, ces personnages et ces objets sont bien peu séduisants, comme dans l'illustration de la scène des métamorphoses de *Cendrillon* (ill. 23) qui devient chez Doré une scène prosaïque : cuisine sombre et laide (balai, ustensiles de cuisine, bas pendant sur une corde à linge), vieille paysanne dont la baguette magique brille d'un éclat bien terne. En représentant l'épisode juste avant la métamorphose, Doré a volontairement mis en avant la *citrouille du réel* contre le *carrosse de la féerie* : les illustrations de Doré s'élaborent contre le merveilleux.

Un univers sombre et inquiétant

Et pourtant ses illustrations ne sont par réalistes. Y affleure la présence d'une forme de surnaturel, mais qui est très éloignée de celle des contes de fées : ce sont par exemple la forêt noire, l'énorme chauve-souris empaillée, les squelettes d'oiseaux du *Petit Poucet*, le corbeau de *La Belle au bois dormant*, le saladier rempli de corps de nouveau-nés dans *Le Chat botté*, les châteaux menaçants qui se découpent sur le ciel dans *La Barbe bleue* et *Peau d'âne*. On est face à des créatures étranges et des décors inquiétants, comme si le merveilleux féerique était systématiquement réinterprété de manière sombre et maléfique.

Il faut ajouter à cela le choix propre à Doré du noir et blanc, qui contribue à dramatiser ses illustrations : nous sommes loin de la stylisation enjouée des livres illustrés pour enfants, loin aussi de l'atmosphère des contes de fées. L'univers de Doré n'est ni merveilleux, ni réaliste, mais fantastique.

Qu'est-ce que le fantastique ?

Le genre fantastique s'épanouit dans la littérature européenne au XIXe siècle, chez des auteurs comme Gautier, Maupassant, Hoffmann, Nerval ou Poe. Doré est leur contemporain, sa sensibilité est donc nourrie par le fantastique et il illustrera d'ailleurs certains d'entre eux.

Comme l'a montré Todorov[1], le fantastique s'oppose au genre du merveilleux où l'intrusion d'un phénomène surnaturel ne provoque chez les personnages comme chez le lecteur aucune surprise (→ PROBLÉMATIQUE 8, p. 88). Dans un récit fantastique, l'univers de référence est le monde tel qu'il est. Aussi, l'intrusion d'un événement surnaturel est ressentie par les personnages et les lecteurs comme un phénomène anormal, qui crée un sentiment

1. *Introduction à la littérature fantastique*, Paris, Le Seuil, coll. « Points essais », 1970.

de trouble. Est donc fantastique la confrontation troublante, dans un texte ou une image, du réel et de l'irréel[1]. Par exemple, dans l'illustration 42 de *La Barbe bleue* (→ ANNEXES, p. 143), les deux frères de l'épouse, au centre, tuent la Barbe bleue, dans un traitement parfaitement réaliste. Mais à droite, Doré représente une curieuse chimère au statut équivoque qui tient à la fois de la femme, du fauve, de la chauve-souris, de la statue et de l'être vivant. Ainsi cette créature parfaitement irréelle côtoie les quatre personnages bien réels de l'histoire. Ce côtoiement fait l'étrangeté fantastique de cette image.

Le fantastique est lié au romantisme et à sa réaction contre la rationalité technique du XIXe siècle. Le romantisme préconise un retour au rêve, au mystère et à l'irrationnel. Les auteurs romantiques et fantastiques ont ainsi une prédilection pour le Moyen Âge, les vampires, les belles évanouies entre mort et érotisme (ill. 42 → ANNEXES, p. 143), bref, tout ce qui permet de déjouer la raison au profit de l'étrange. Toute l'œuvre de Doré est conduite par cette exigence.

De Perrault à Doré : un changement d'esthétique

Contrairement à Perrault qui recolorait les contes à la mode du XVIIe siècle, on ne trouvera donc dans les illustrations de Doré aucune référence aux modernités du XIXe siècle. La Barbe bleue est une créature de cauchemar, les châteaux de Doré sont gothiques, ses paysages évoquent les profondes forêts rhénanes de son enfance. Perrault, en bon cartésien du XVIIe siècle, rationalisait dès qu'il le pouvait le merveilleux; par un mouvement inverse, Doré tire l'univers des contes vers l'irrationnel.

1. Cette définition est volontairement plus large que celle, habituellement retenue, de Todorov, qui réduit le fantastique à l'hésitation quant à l'interprétation à donner au phénomène étrange (explication rationnelle ou irrationnelle). La définition de Todorov ne permet en effet de rendre compte que d'un trop petit nombre d'œuvres fantastiques, et elle est aujourd'hui contestée.

UN ART DE L'ÉQUIVOQUE

Les images de Gustave Doré sont profondément équivoques; elle se situent toujours sur deux plans à la fois : réel/irréel, représentation/dissimulation, etc. Le caractère fantastique de ses illustrations repose sur cet art de l'équivoque : un fantastique qui passe moins par le sensationnel que par la duplicité des images.

Entre naturel et surnaturel

Les paysages romantiques

À deux reprises, Doré représente des paysages escarpés envahis par la végétation (*La Belle au bois dormant*, ill. 18, et *Le Chat botté*, ill. 28). Les personnages, minuscules, semblent dominés par une nature sauvage dont les forces les dépassent. L'image vise à créer un sentiment tout à la fois de sublime et de démesure face au spectacle de la nature. Situés en hauteur sur un pic rocheux, les châteaux ainsi dramatisés deviennent l'incarnation du mystère.

L'ombre et la lumière

Dans la série que Doré consacre à la forêt dans *Le Petit Poucet*, il donne à sa poétique du clair-obscur toute sa dimension. Dans l'illustration 9 (→ ANNEXES, p. 132), les enfants au centre de la composition sont éclairés tandis que la forêt qui les entoure s'ouvre sur des profondeurs inquiétantes. La lumière vient de nulle part (il n'y a pas de lune). Elle semble sourdre de l'image elle-même. Dans le texte de Perrault, la terreur vient de ce que les enfants entendent les cris des loups. Ici, c'est une terreur abstraite, une peur ancestrale, celle de l'ombre et de la forêt. Le sentiment du surnaturel est ainsi créé uniquement par la lumière et son contraste avec le noir. Par ses éclairages artificiels, Doré donne à la réalité une dimension mythique.

L'art de faire peur

Des images terrifiantes

L'un des enjeux du fantastique est de provoquer chez le spectateur un sentiment de peur, en particulier pour Doré chez son public enfantin. La hache du père, le couteau de l'ogre, les chauves-souris participent du registre de l'horreur, mais c'est surtout le jeu sur les proportions, l'éclairage et le cadrage, qui suscite le sentiment de peur. Ainsi la scène de l'arrivée de Poucet et ses frères à la maison de l'ogre (ill. 13) oppose la minuscule dimension des enfants (renforcée par l'éclairage venant de la lampe de la femme de l'ogre) aux proportions démesurées de l'escalier au premier plan (en contre-plongée). Le public enfantin s'identifie à ces personnages, qui sont comme piégés par la lumière.

Dans la scène de l'assassinat des fillettes ogresses (*Le Petit Poucet*, ill. 15), l'horreur naît du réalisme exacerbé de la représentation. Les yeux exorbités de l'ogre, ses veines saillantes font basculer cette scène dans le cauchemar. L'irréel naît ici d'un excès de réalisme.

Mais on remarquera que Doré finalement ne représente jamais le moment ultime de l'horreur : il s'arrête à l'instant où le loup ou l'ogre s'apprêtent à commettre leur forfait, cherchant moins à terroriser les enfants par la scène vue que par celle qu'ils vont imaginer.

Les images mentales du spectateur

Doré cherche avant tout à frapper l'imagination. C'est ce que montrent les yeux terrorisés des enfants du frontispice (→ ILLUSTRATION 1, p. 29), représentation de l'état dans lequel Doré veut plonger ses spectateurs enfants. Ces yeux mais aussi ces visages poupons rappellent ceux de la fillette du *Petit Chaperon rouge* (ill. 3 → ANNEXES, p. 129) et montrent bien que Doré veut que son public s'identifie aux personnages des contes. Mais l'identification ne s'opère que par la circulation de ce regard terrorisé, non par la représentation concrète de l'horreur.

Finalement, ce n'est pas ce qui est montré qui importe chez Doré, mais l'image mentale que l'illustration va provoquer. Les images de Doré ne visent qu'à s'effacer au profit de celles du spectateur.

La duplicité et l'instabilité des images

L'absence de merveilleux dans les illustrations de Doré tient aussi à des questions concrètes propres à l'art de l'image : il est difficile de représenter visuellement le féerique de manière satisfaisante. Toutefois Doré a cherché à représenter le loup et le chat humains de Perrault. Dans les contes, leur duplicité ne pose aucun problème (les animaux parlent fréquemment dans les contes et les fables). Pour l'artiste en revanche, un problème se pose : l'illustration fixe l'imaginaire littéraire, en donne une interprétation qui risque non seulement de décevoir le lecteur (en étant trop éloignée de l'image mentale qu'il se faisait de l'animal) mais aussi de supprimer la duplicité de la créature. Doré parvient à la maintenir en en proposant une représentation instable.

L'étrangeté de l'illustration qui représente la rencontre du petit chaperon rouge et du loup (ill. 6 → ANNEXES, p. 131) par exemple, tient au contraste entre la facture parfaitement réaliste du dessin de Doré et l'impossibilité totale de cette image qui fait se toucher presque une fillette et un loup. La posture des personnages (le corps du loup entoure et surplombe la fillette), l'échange de leurs regards évoquent en réalité l'image d'un homme toisant une jeune femme. Cette image qui en évoque une autre est tout proche d'une anamorphose (deux images en une, par effet d'optique). Dans la scène où le petit chaperon rouge est au lit avec le loup, cette instabilité de l'image se prolonge : cette fois la fillette tient à la fois de l'enfant et de la femme, son regard exprime à la fois la terreur et la fascination, le loup est animal par ses griffes, homme par son regard.

Le beau et l'horrible

L'équivoque des images tient aussi à leur mélange de beau et de laid, et à ce « mauvais goût magnifique de Gustave Doré » dont Cocteau parle dans son *Journal de la Belle et la Bête*. Ce mauvais goût est évident dans la scène du lit du *Petit Chaperon rouge* (ill. 3 → ANNEXES, p. 129) : scène à la fois érotique, cruelle, et à la limite du grotesque, présentant un loup/grand-mère au lit avec une fillette/prostituée (seules les filles de mauvaise vie portaient les cheveux dénoués au XIXe siècle). Mauvais goût aussi que ces yeux terrorisés des enfants du frontispice (→ ILLUSTRATION 1, p. 29), qui en font des enfants malades, au cœur même d'une représentation bourgeoise de la famille ; mauvais goût encore que cet arlequin démembré au premier plan, un doigt dans la bouche. Il y a aussi chez Doré un goût pour la vieille argenterie, les bibelots, les lustres et les chérubins, bref, pour tout un sublime bric-à-brac à la limite de l'horrible (*La Barbe bleue*, ill. 40 → ANNEXES, p. 142). Doré, en parfait romantique, ne voit le beau que dans l'insolite et le malaise qu'il suscite.

Dissimuler pour mieux montrer

De la chambre interdite de Perrault à la chambre cachée de Doré

Illustrant la scène où les amies de l'épouse de la Barbe bleue visite sa maison (ill. 40 → ANNEXES, p. 142), Doré recompose la description de Perrault d'un intérieur bourgeois du XVIIe siècle : il en fait un bazar étrange de vaisselles, de drapés, de chandeliers, image parfaitement irréelle et équivoque qui repose sur la disproportion entre les objets et la petitesse des femmes, qui ressemblent alors à des poupées. Cette scène est un théâtre (voir les rideaux à l'arrière-plan) mais un théâtre étrange dont on ne saisit pas directement le sens ; on observe simplement la présence menaçante de certains objets (épée, armure). Cette scène ne s'éclaire que lorsqu'on a compris que sa fonction est de suggérer une autre scène, celle de la chambre interdite, puisque pendant que les amies de l'épouse font le tour des appartements, celle-ci pénètre dans le triste cabinet : « D'abord elle ne vit rien, parce que les fenêtres étaient fermées ; après quelques moments elle commença à voir que le plancher était tout couvert de sang caillé, et que dans ce sang se miraient les corps de plusieurs femmes mortes et attachées le long des murs » (p. 151). La puissance du

texte de Perrault est indépassable, il crée un tel effet d'ima
toute illustration de ce passage devenait impossible. L'intellige
de l'illustrateur fut alors de concevoir une scène suggérant l'image de Perrault, une scène renvoyant à une autre.

Le motif des rideaux : une métaphore de l'art de Doré

« Tout le génie de Doré est dans cette manipulation de notre faculté d'imaginer », écrit Annie Renonciat[1]. Un objet symbolise cet art de l'équivoque dans les illustrations des contes : les rideaux, que l'on trouve dans de très nombreuses illustrations, sous la forme de rideaux de tissu ou de rideaux végétaux. Les rideaux en arrière-plan ferment l'image et la constituent en scène de théâtre. Mais ces rideaux suggèrent aussi qu'une autre scène se déroule derrière, celle qu'il appartient au lecteur de remplir par son inconscient. Les rideaux à la fois font voir et cachent, tout comme les images équivoques de Doré, qui suggèrent plus qu'elles ne montrent.

1. *La Vie et l'œuvre de Gustave Doré*, Paris, ACR, coll. « Bibliothèque des arts », 1983.

…yles et registres …ez Perrault et Doré

Les contes de Perrault comme les illustrations de Doré mélangent divers styles et registres, chacun visant des effets spécifiques. L'étude des styles et des registres permet de mesurer les écarts et les concordances entre les deux œuvres.

LE STYLE DES CONTES DE PERRAULT

Le style littéraire et précieux des contes en vers

Dans les contes en vers, Perrault n'a pas encore trouvé la simplicité du style des contes en prose. Le récit est orné de métaphores académiques (« Et l'on voyait de toutes parts/ Fleurir, à l'ombre de ses palmes,/ Et les Vertus et les beaux Arts », *Peau d'âne*, p. 98), de comparaisons dans le style précieux (voir par exemple *Griselidis*, p. 87-88 : « Comme quand un épais nuage/ [...] une vive allégresse ») et de références à la mythologie (« Il fut robuste, adroit, propre au métier de Mars », *Griselidis,* p. 59). Le vers participe de ce style littéraire et précieux; l'emploi de vers irréguliers, toutefois, rapproche la versification de la prose, et donne une impression de souplesse.

Le style « naïf » des contes en prose

Le « naïf » désigne au XVIIe siècle le spontané, le naturel (par opposition au culturel). Cette « naïveté » du style, mélangée au second degré (dans la manière de traiter le merveilleux par exemple) fait le style si particulier des contes de Perrault.

Perrault donne au récit un léger parfum d'ancienneté populaire par l'emploi de mots et d'expressions déjà vieillis à l'époque (« mère-grand », « chaperon », « verdoyer », « poudroyer », etc.). Il adopte aussi le style parlé de la narration orale en utilisant certaines formules (« Il était une fois », « il arriva que », « on dit que ») ou certains procédés, comme les répétitions (voir par exemple *Le Petit Chaperon rouge*, p. 144) ou les dialogues rapportés au style direct qui donnent de la vivacité au récit.

Perrault multiplie aussi les « formulettes » caractéristiques des contes populaires et des contes pour enfants : les célèbres formules « hachés menu comme chair à pâté » (*Le Chat botté*, p. 159), « "Anne, ma sœur Anne, ne vois-tu rien venir?" [...] "Je ne vois rien que le Soleil qui poudroie, et l'herbe qui verdoie" » (*La Barbe bleue*, p. 152), ou encore « Tire la chevillette, la bobinette cherra » (*Le Petit Chaperon rouge*, p. 144), ont un charme qui repose sur l'emploi de vieux mots et de rimes internes aux sonorités cocasses. Ces formules témoignent d'une utilisation poétique et ludique du langage : répétées par les enfants qui s'en amusent, elles sont comme des formules magiques.

En même temps, Perrault épure le conte populaire de ses familiarités et de ses références appuyées aux réalités du corps qui auraient choqué le public mondain et n'auraient pas convenu aux enfants. Cette épure correspond à l'esthétique classique : sens de la mesure, élégance, refus d'un réalisme trop poussé au profit d'une langue abstraite, bienséance. Il opte pour un style narratif sobre qui va droit à l'essentiel. Aussi, c'est finalement par son classicisme que Perrault retrouve l'art des conteurs, fait de simplicité et de nervosité.

LES REGISTRES DES CONTES DE PERRAULT

Perrault joue avec de nombreux registres : émotion, rire, frayeur, sont réunis dans presque tous les contes.

Les registres dramatiques

Perrault recourt souvent au registre pathétique pour susciter l'émotion du lecteur en l'amenant à s'identifier aux personnages : le petit chaperon rouge devient ainsi « la *pauvre* enfant » (p. 143) face au « *méchant* loup » (p. 145). Il sait aussi créer de puissants effets de suspense, par exemple dans l'épisode de *La Barbe bleue* où l'héroïne risque d'être égorgée. Sa sœur est en haut de la tour : elle ne voit d'abord rien, puis « une grosse poussière qui vient de ce côté-ci », mais ce n'est qu'un « Troupeau de Moutons »; finalement des cavaliers arrivent « mais ils sont bien loin encore » (p. 153). L'héroïne ne peut plus faire attendre la Barbe bleue, elle doit le rejoindre : ses frères arriveront-ils à temps?

Perrault cherche également à susciter un sentiment de terreur chez les enfants. Ainsi *Le Petit Chaperon rouge* est fondé sur une progression dramatique qui culmine dans le dialogue final entre la fillette et le loup, rompu brutalement par la dernière réponse du loup (« C'est pour te manger », p. 145) qui vise à terroriser le lecteur enfant. Les contes de Perrault ont par ailleurs un certain goût pour les images cruelles : « En disant ces mots, il coupa sans balancer la gorge à ses sept filles » (*Le Petit Poucet*, p. 197). Assassinats, décapitation, cannibalisme, ce goût va parfois jusqu'à la caricature avec le suicide de la belle-mère ogresse se jetant dans une cuve pleine de reptiles qui la dévorent en un instant (voir p. 140). La sobriété classique du récit de Perrault rend ces images d'autant plus fortes. Ce sont elles qui inspireront particulièrement Doré et auxquelles il cherchera à donner une intensité dramatique plus grande encore.

Perrault approche même parfois les frontières du fantastique, en particulier dans *La Barbe bleue*. Le récit débute comme une nouvelle réaliste (mariage, décor bourgeois, convenances mondaines). Soudain, il bascule dans l'horreur : l'héroïne découvre les corps des épouses se mirant dans leur sang (voir p. 151). C'est comme si Perrault avait trouvé la recette du genre et du registre fantastiques, ce basculement du réel dans l'irréel (→ PROBLÉMATIQUE 9, p. 97). Le conte toutefois reste merveilleux, par la présence de la clé fée.

Le registre humoristique

Chez Perrault l'humour vient constamment rompre l'émotion. Ainsi dans *Le Petit Poucet*, lorsque la femme de l'ogre découvre « ses sept filles égorgées et nageant dans leur sang », Perrault enchaîne immédiatement par une malice misogyne : « Elle commença par s'évanouir (car c'est le premier expédient que trouvent presque toutes les femmes en pareilles rencontres) » (p. 198). De même, lorsque la belle-mère de la belle au bois dormant croit la dévorer, Perrault note qu'après tant d'années (elle a dormi durant cent ans), « sa peau était un peu dure, quoique belle et blanche » (p. 138).

Le burlesque passe aussi par le mélange des niveaux de langue. Dans ces contes censés être populaires, les personnages parlent bien souvent comme des courtisans et Perrault adopte, en particulier dans les contes en vers mais aussi dans les contes en prose, un style précieux et galant comme par exemple dans *Riquet à la houppe* : « À la réserve de ma laideur, y a-t-il quelque chose en moi qui vous déplaise? Êtes-vous mal contente de ma naissance [...]? » (p. 186). Dans *Les Souhaits ridicules*, Jupiter vient aider un pauvre bûcheron qui, désespéré, voulait « aller reposer aux bords de l'Achéron » (p. 120) : cette expression savante qui désigne la mort est en complet décalage avec la rusticité du bonhomme.

L'humour de Perrault va même jusqu'à la grivoiserie (référence allusive à la sexualité, la bienséance classique empêchant toute évocation directe). *Le Petit Chaperon rouge* est tout entier construit sur une grivoiserie puisque la dévoration évoque l'acte sexuel (voir le passage où la petite fille « va se mettre dans le lit, où elle fut bien étonnée de voir comment sa Mère-grand était faite en son déshabillé », p. 144). C'est également le cas des *Souhaits ridicules*, le boudin constituant une métaphore sexuelle.

On voit que l'humour de Perrault s'adresse en général aux adultes. Mais il sait aussi faire rire les enfants. Par exemple, lorsque le chat botté piège l'ogre en lui demandant de se transformer en souris, les enfants rient de la ruse du chat, et surtout de la bêtise de l'ogre.

Les registres dramatiques

L'illustration de Doré adopte le point de vue de l'enfant et comme chez Perrault vise à susciter chez le jeune spectateur des émotions fortes (effroi, angoisse, terreur → PROBLÉMATIQUE 9, p. 99).

La manière dont les images créent du mouvement et s'enchaînent les unes aux autres contribuent à dramatiser le récit. Ainsi dans *Le Petit Poucet*, véritable récit en images, Doré varie constamment les points de vue et les types de scène : scène intimiste en intérieur (la famille de Poucet, ill. 7) et scènes d'extérieur (forêt), personnages saisis en plongée (ill. 10) ou en contre-plongée (mouvement de bas en haut reproduisant le regard de l'enfant, ill. 13), gros plans sur le visage terrifiant de l'ogre (ill. 15), etc.

Dans *La Belle au bois dormant*, le prince est systématiquement montré en train de se déplacer, mettant ainsi l'illustration en mouvement ; l'enchaînement des images, qui suit les étapes de l'avancée du prince, renforce encore cette impression de mouvement. Doré cultive aussi le spectaculaire dans la représentation de l'action, comme pour l'arrivée des frères dans *La Barbe bleue* (ill. 41), saisis en contrechamp par rapport au point de vue de la sœur Anne qui les observe depuis sa tour. Par ce langage spectaculaire des images, qui s'inspire de la photographie (effets de cadrage), Doré préfigure le cinéma.

Doré, comme Perrault, recourt également au registre pathétique. Ainsi pour illustrer le départ de Peau d'âne (ill. 34), il montre la jeune fille tournée vers le spectateur, le regard triste sous le clair de lune, et suscite ainsi la compassion.

Le registre humoristique

Doré, comme Perrault dans ses récits, introduit des éléments comiques dans ses images. Ainsi dans la scène du *Petit Chaperon rouge* où le loup saute sur la grand-mère (ill. 4), on notera les détails amusant de la tabatière et des lunettes qui tombent, du chat qui se glisse sous le lit. La mine effroyable de la Barbe bleue est ridiculisée par son petit chapeau à plume (ill. 39 → ANNEXES, p. 141), de même que l'ogre du *Petit Poucet* qui porte à sa ceinture fourchettes et couteaux (ill. 16 → ANNEXES, p. 133). Les corps de bébés, les têtes de vaches et de moutons (ill. 29) sont moins là pour terroriser les enfants que pour les faire rire. L'humour chez Perrault comme chez Doré vise à atténuer la dimension dramatique des histoires : mais alors que chez Perrault il s'adresse majoritairement aux adultes, chez Doré il vise davantage les enfants.

Le registre féerique

Si Doré supprime presque entièrement le merveilleux des contes (→ PROBLÉMATIQUE 9, p. 96), la féerie n'est pas pour autant absente de ses illustrations. La féerie chez Doré ne vient pas des objets ou des personnages merveilleux, mais elle est produite par les choix de composition et d'éclairage des images.

Ainsi pour l'illustration du château en sommeil de *La Belle au bois dormant*, Doré a su donner une dimension magique à la représentation du temps suspendu. La salle des gardes éclairée par la lumière oblique du jour découvre personnages et animaux surpris dans leur sommeil et recouverts par des toiles d'araignée (ill. 21 → ANNEXES, p. 135). Le mouvement du prince est accompagné par la lumière, la Belle repose dans une chambre envahie par la végétation (ill. 22 → ANNEXES, p. 136).

Le registre féerique apparaît aussi dans la représentation des fêtes. Doré avait en effet un goût particulier pour les fêtes et les spectacles : il y voyait l'expression d'une magie propre à la réalité. Ainsi, pour l'arrivée des rois au mariage de Peau d'âne (ill. 36 → ANNEXES, p. 140), il représente des autruches, des dromadaires, des oiseaux volants merveilleux, d'étranges gnomes, absents du conte de Perrault. Dans cette composition orientaliste, Doré ne respecte aucune proportion et ne semble pas se soucier du réalisme.

LES RÉALISMES DE DORÉ

Doré s'inspire souvent du Moyen Âge gothique (→ PROBLÉMATIQUE 9, p. 98), mais d'autres époques sont présentes dans ses images.

Un passé recomposé

Le monde du XVIIe siècle est assez peu représenté. On le trouve toutefois dans la représentation des conseillers et du roi de *Peau d'âne* (vêtements, perruques; ill. 31), dans la tenue des frères de *La Barbe bleue* (ill. 42 → ANNEXES, p. 143) dans celle de l'ogre du *Petit Poucet* et de sa femme (ill. 5 → ANNEXES, p. 130). Ces quelques références au XVIIe siècle témoignent de la volonté de Doré de coller par endroits à l'univers de Perrault (→ PROBLÉMATIQUE 8, p. 92).

Toutefois, et en dehors du Moyen Âge, l'époque de référence privilégiée par Doré est la Renaissance, depuis le château de *La Belle au bois dormant* (ill. 20) dont la façade évoque le palais de justice de Rennes (qui bien que construit au début du XVIIe siècle est dans un style Renaissance) jusqu'aux tenues que portent les personnages : bas et tunique pour les princes de *La Belle au bois dormant*, de *Riquet* ou des *Fées*, collets montés pour les dames et les messieurs de *Cendrillon* (ill. 24). Il est amusant de remarquer que ces collets montés dont se moque Perrault parce qu'ils sont démodés (voir *La Belle au bois dormant*, p. 136) ont été précisément choisis par Doré.

En inscrivant ses illustrations dans des époques plus lointaines que le XVIIe siècle, Doré cherche à remonter dans un temps ancien, selon lui plus apte à favoriser l'imaginaire. Le réalisme de ces divers éléments ne contribuent pas pour autant à créer un réalisme historique, puisque justement Doré mélange les époques : Doré cherche à donner une couleur ancienne à ses illustrations et à composer un passé de fantaisie.

L'art de la caricature

Le réalisme de Doré passe aussi dans les représentations de scènes de groupe, où l'illustrateur s'abandonne à ses talents de caricaturiste : caricaturiste satirique, comme dans la scène des conseillers de *Peau d'âne* où l'épée d'un des personnages soulève la cape de celui qui se trouve au premier plan (ill. 31) ; caricaturiste délirant voire inquiétant, comme dans la scène du bal de *Cendrillon* où une foule aux vêtements exubérants se presse autour de l'héroïne, comme pour la dévorer (ill. 24).

Les références à la peinture et à l'imagerie populaire

Doré ne conçoit pas ses images seulement en s'appuyant sur la réalité. Il s'inspire aussi de tableaux ou de l'imagerie populaire. L'illustration 7, qui représente la misère des parents de Poucet, est une scène d'intérieur paysan inspirée par l'imagerie populaire de l'époque. La représentation de l'ogre et de sa femme (ill. 5 → ANNEXES, p. 130) est en revanche inspirée de la grande peinture, celle des maîtres hollandais du XVIIe siècle comme Vermeer ou Rembrandt. Ses paysages s'inspirent des tableaux de l'école romantique alsacienne (voir par exemple l'illustration 18), la scène des rôtisseurs de *Riquet à la houppe* (ill. 30) des compositions de Breughel l'ancien. La réalité représentée dans les illustrations de Doré est aussi celle des œuvres d'art.

11 Le symbolisme des contes et des illustrations

Les contes sont des récits purs : ils se passent d'analyses et ne donnent aucune explication sur leur signification. La signification passe par l'organisation du récit, par des images et des motifs qui mettent en œuvre un langage symbolique s'adressant directement à l'affectivité du lecteur. L'illustration chez Gustave Doré est aussi un langage symbolique : elle suscite l'imaginaire du spectateur et se passe de discours et de concepts.

LE LANGAGE SYMBOLIQUE

Lorsque Perrault écrit ses contes, il reprend des motifs qui souvent existent depuis longtemps dans les récits populaires ou littéraires. Ces motifs expriment sous une forme poétique et symbolique les fantasmes et les conflits de l'humanité, que Perrault ou Doré réinterprètent en fonction de leur propre sensibilité. Aussi, le propre d'un symbole est de ne pas avoir de signification univoque et de rester suffisamment flou pour parler à l'imaginaire de tous les lecteurs.

La symbolique des objets

Peau d'âne traite de l'interdit de l'inceste : les robes que le père confectionne pour sa fille sont un instrument de séduction et l'héroïne semble tout près de céder. Son déguisement sous une peau d'âne est un symbole d'humiliation et de déchéance sociale. Mais les robes qu'elle revêt en cachette lui permettent de reconquérir sa féminité et de séduire le prince : l'héroïne s'enlaidit aux yeux de son père et se fait belle pour un inconnu. Elle échappe ainsi à son père et dépasse aussi son propre désir œdipien[1]. L'anneau s'oppose à la peau d'âne, puisqu'il va lui permettre d'être reconnue : son étroitesse, qui révèle de fines attaches, connote ses hautes origines sociales, son abandon dans un gâteau qu'elle a elle-même pétri est un geste d'amour et de don de soi. Toute la signification du conte est ainsi contenue dans le passage symbolique d'un objet à un autre (robes, peau d'âne, anneau).

Cendrillon repose sur un canevas semblable : une jeune fille passe de l'humiliation à l'amour. Les cendres remplacent la peau d'âne : elles symbolisent à la fois la saleté (le travail que lui impose sa marâtre rend son apparence repoussante), le deuil (elle a perdu sa mère) et l'attachement au foyer (à son père et au souvenir de sa mère). Cendrillon doit fuir les cendres (sa marâtre mais aussi l'image protectrice de la mère et du père) pour pouvoir se marier. Les vêtements magiques lui permettent de conquérir sa féminité. La pantoufle, comme l'anneau, permet sa reconnaissance finale.

La symbolique des personnages

On peut aussi attribuer aux personnages merveilleux des valeurs symboliques. La reine ogresse dans *La Belle au bois dormant* symbolise l'animosité des mères à l'égard de leur belle-fille, thème fréquent dans les contes populaires.

Perrault fait du loup du *Petit Chaperon rouge* la représentation d'un violeur (symbolique reprise par Doré dans la scène du lit, ill. 3 ➜ ANNEXES, p. 129). Ce conte est toutefois plus complexe qu'il n'y paraît : la mère (qui n'a pas prévenu son enfant) et la grand-mère (qui a fabriqué le chaperon rouge si attirant pour le loup) semblent s'être liguées pour provoquer la mort de la fillette. Le loup pourrait dès lors représenter la violence des mères (et des grands-mères, toutes deux sont « folles » de la fillette, p. 143) envers leurs filles sitôt qu'elles les menacent dans leur féminité.

1. Le désir œdipien désigne, en psychanalyse, l'attachement amoureux ou érotique que les enfants ont pour le parent de sexe opposé.

Le personnage de l'ogre (« homme sauvage qui mangeait les petits enfants », selon la définition de Perrault, p. 97) est l'un des plus symboliques. Il représente d'abord le pouvoir dévorateur des pères : l'ogre est ainsi un double du père du petit Poucet (qui veut abandonner ses enfants) et Perrault a pris soin de créer de nombreux échos entre les deux familles (sept enfants chacune par exemple). Chez Doré, le père tient une hache (ill. 10) qui annonce symboliquement le couteau de l'ogre.

L'ogre symbolise aussi le pouvoir des puissants : ogres et aristocrates sont les seuls dans les contes à manger abondamment de la viande, ils dévorent leurs sujets, comme le seigneur ogre du *Chat botté*.

La symbolique des lieux

La forêt est le lieu le plus symbolique, dans les contes comme dans les illustrations. C'est là que le roi rencontre Griselidis, la fillette le loup, Riquet sa princesse, Poucet l'ogre, etc. La forêt s'oppose à la ville, au village, comme la nature s'oppose à la culture. Elle est le lieu symbolique de la sauvagerie, du danger, mais aussi de l'épreuve et de l'aventure que le héros doit traverser pour triompher. C'est chez Doré que cette symbolique est la plus forte. On opposera la représentation de la forêt dans *Le Petit Poucet*, lieu de l'ombre et de la terreur (ill. 9 → ANNEXES, p. 132) à celle de *La Belle au bois dormant* qui s'ouvre magiquement pour laisser passer le prince (ill. 19).

Les châteaux sont un autre lieu très symbolique des illustrations de Doré. Représentés en contre-plongée, découpés dans le ciel, leurs façades noires symbolisent le pouvoir maléfique du père/roi de *Peau d'âne* (ill. 33 → ANNEXES, p. 139), du seigneur/ogre du *Chat botté* (ill. 28) ou du mari de *La Barbe bleue* (ill. 41). C'est sur ce symbolisme des lieux que l'illustration de Doré est la plus riche.

UNE AVENTURE PSYCHIQUE

Bruno Bettelheim[1] a montré que les contes expriment sous une forme symbolique les problèmes de l'enfance. C'est particulièrement vrai des récits de Perrault qui se concentrent sur des thématiques familiales et des problématiques d'adolescents : relation amour/haine entre enfants et parents, images contradictoires de la mère (le personnage de la fée marraine symbolise l'image positive que l'enfant se fait d'elle, la marâtre est son image négative) ou de soi-même (princesse ou souillon) ; conflits dans la fratrie, rôle de l'amour pour échapper à la famille mortifère, rêves de triomphe (la souillon est une princesse, le petit poucet est le plus grand), problèmes de l'inceste.

Pour Bettelheim, les contes jouent un rôle positif dans la formation de la personnalité de l'enfant qui reconnaît dans les aventures des personnages ses propres problèmes : ces aventures sont souvent terribles, cruelles, mais leur intérêt réside précisément dans cette dureté. Les images violentes contenues dans les contes permettent au lecteur d'exorciser ses angoisses. Et parce que ces contes se terminent bien, ils montrent que l'on peut triompher des épreuves, et même que l'on doit les affronter si on veut grandir.

Toutefois, l'enfant ne s'identifie pas uniquement au héros : il peut dans *Le Petit Chaperon rouge* s'identifier au loup, dans *Cendrillon* aux deux sœurs mauvaises, dans *Le Petit Poucet* à l'ogre. Les contes expriment les différentes facettes de la personnalité et traduisent les fantasmes, même les plus violents, qui se trouvent en chaque lecteur. Le conte n'est donc pas seulement l'occasion pour le lecteur d'exorciser ses angoisses, mais aussi d'exorciser ses pulsions violentes. Ce qui est vrai pour le lecteur enfant vaut aussi pour les adultes qui ne se reconnaîtront pas seulement dans les contes qui traitent des problèmes de la conjugalité (*Les Souhaits ridicules*, *Griselidis* ou *La Barbe bleue*), mais dans tous les contes,

1. *Psychanalyse des contes de fées*, Paris, Pocket, 1976.

dont les thèmes, sous couvert d'enfance, sont en réalité universels (rapports familiaux, affirmation de soi, quête du bonheur, etc.).

Les symboles des contes sont des projections du psychisme, et les réalités qui y sont décrites sont souvent des réalités intérieures. Le motif du sommeil dans *La Belle au bois dormant* par exemple, peut symboliser le passage de transition, vécu durant l'adolescence, qui précède la découverte de la sexualité. Ce sommeil peut aussi représenter la surprotection de ses parents qui l'empêchent de vivre et dont elle devra se débarrasser pour mener sa vie de femme. Dans les images de Doré, la nuit menaçante du *Petit Poucet* symbolise les terreurs et les épreuves que l'enfant ou l'adulte doivent traverser durant leur existence. Le chemin qui s'ouvre devant le prince ne représente rien d'autre que son éveil à l'amour (ill. 19). Les illustrations expriment ainsi par quelques images symboliques l'universalité du psychisme humain.

UNE SYMBOLIQUE PERSONNELLE

Dans ces conditions, il n'est pas étonnant que Perrault comme Doré aient exprimé dans leurs œuvres des obsessions personnelles. Certes Perrault reprend des motifs et des histoires qui ne lui appartiennent pas et qui expriment des conflits universels. Certes Doré illustre une œuvre qui n'est pas la sienne. Mais la manière dont ils adaptent ces histoires traduit à chaque fois leur personnalité.

Des motifs récurrents chez Perrault

L'obsession du cannibalisme

Le cannibalisme chez Perrault fait l'objet de la part de ceux qui le pratiquent d'une véritable délectation. La reine ogresse veut manger ses victimes « à la Sauce-robert » (p. 138), l'ogre voit dans les enfants de « friands morceaux » (p. 196). La dévoration symbolise toutes les violences : violences des parents, violences liées à la sexualité, violences des puissants envers les faibles... Dans *Le Chat botté* par exemple, Perrault résume les rapports entre puissants et faibles à l'alternative « manger/être mangé » : le chat qui au début risque d'être dévoré par son maître, dévore finalement l'ogre et offre au roi et à son maître de la chair humaine (voir p. 161), sans doute pour les punir de leur pouvoir dévorateur symbolique.

Le complexe du cadet et de la gémellité

Perrault reprend inlassablement les images relatives à la violence familiale. Le motif du cadet maltraité (par ses parents ou la fratrie) revient dans de très nombreux contes (*Le Petit Poucet* notamment). Autre obsession : la préférence d'un parent pour l'un de ses enfants ou encore la distinction entre enfants, entre celui qui ressemble au père et celui qui ressemble à la mère ou à la belle-mère (*Les Fées*, *Cendrillon*).

Marc Soriano[1] a en outre montré qu'il y avait dans les contes de nombreuses références à la gémellité. Dans *Riquet à la houppe*, la sœur cadette jumelle, la laide, devient une « Guenon fort désagréable » (p. 184) dès que son aînée, la belle, acquiert l'intelligence; elle disparaît alors du récit avant la fin, mise à mort par le narrateur. Dans *Le Petit Poucet*, on apprend que la mère faisait ses enfants par deux (voir p. 191), ce qui laisse penser que dans cette famille de sept enfants, Poucet est exclu de la gémellité, à moins qu'il n'ait perdu, comme Perrault à l'âge de six mois, son jumeau.

La question féminine

L'étude des personnages montre la préférence de Perrault pour des héroïnes féminines, opposées à des personnages masculins dont la virilité est contestée (→ PROBLÉMATIQUE 7, p. 83). Perrault est l'auteur d'une *Apologie des femmes*, et pourtant les femmes font l'objet de sarcasmes constants dans les contes. Cette contradiction se trouve au cœur de *Griselidis*, où le mari monstrueux (mais faible) abonde en propos misogynes que le narrateur reprend à son compte sous d'autres formes, comme s'il s'identifiait à son

---

1. *Les Contes de Perrault : culture savante et traditions populaires*, Gallimard, coll. « Tel », 1989.

complexe. Il est toutefois fort possible que la misogynie chez Perrault ne soit que de façade et que ses contes soient réellement et avant tout féminins.

Des motifs récurrents chez Doré

Une représentation trouble de la femme

L'amour est un des grands thèmes du genre fantastique. Sa représentation associe très souvent la sexualité à la mort. Le genre fantastique permet une exploration des fantasmes et des tabous. Chez Doré, les personnages féminins semblent passifs. Les femmes ont un statut de victimes auquel Doré associe une dimension érotique, en particulier dans la scène à la rivière de *Peau d'âne* (ill. 35) et dans la très trouble représentation du petit chaperon rouge dans la scène du lit (ill. 3 → ANNEXES, p. 129).

Cette duplicité se manifeste concrètement dans la dernière scène de *La Barbe bleue* (ill. 42 → ANNEXES, p. 143) : à gauche se trouve l'épouse évanouie, à droite la statue/chimère maléfique au buste de femme. Le diable, incarné dans la femme tentatrice, est un motif récurrent dans la littérature fantastique. La femme chez Doré serait donc à la fois victime et figure diabolique.

L'obsession de la vieillesse et de la mort

Le personnage ambigu de la vieille dame (→ PROBLÉMATIQUE 7, p. 82) traduit chez Doré une hantise de la vieillesse et de la mort. Dans les illustrations, le visage poupon des enfants s'opposent à celui décrépi des vieilles grand-mères ressemblant parfois à des sorcières (voir par exemple *Les Fées*, ill. 37). Dans une sculpture intitulée *La Parque et l'Amour*, Doré représente le destin sous les traits d'une femme tranchant le fil de la vie de l'Amour adolescent, mettant ainsi fin à ses jours. Dans l'illustration 17 de *La Belle au bois dormant* (→ ANNEXES, p. 134), la jeune fille est prise elle aussi au piège d'une vieille fileuse porteuse de mort.

L'autoportrait en arlequin

Dans une toile de 1874, *Les Saltimbanques*, Doré représente la mort d'un enfant équilibriste que sa mère recueille dans ses bras. Doré s'identifie à cet enfant artiste, tué précocement. Dans le frontispice (→ ILLUSTRATION 1, p. 29), au seuil des illustrations des contes, on trouve au premier plan un arlequin, yeux exorbités, jeté à terre, un doigt d'un des enfants dans la bouche. Il pourrait symboliser la mort (la chute) de l'enfant précoce Gustave Doré (→ PROBLÉMATIQUE 2, p. 37).

L'appel au dépassement de soi

Mais cette image de mort est compensée par la dernière illustration du *Petit Poucet*, image positive où l'enfant triomphe de l'ogre, symbole de toutes les forces négatives ; cette illustration évoque un projet de sculpture non réalisé par l'artiste et intitulé *L'Immortalité vainquant la mort*. Le combat de Poucet contre l'ombre de la forêt pourrait symboliser, sous une forme enfantine et par le biais de l'histoire de Perrault, celui de l'artiste contre ses propres hantises.

12 Les moralités de Perrault

Si on en croit Perrault, qui prétendait faire du conte un genre pédagogique, les contes « renferment tous une Morale très sensée » (p. 127). Le conteur fait suivre ses récits de moralités en vers censées expliciter la leçon qu'il faut en dégager[1]. Mais ces moralités, loin d'être limpides et satisfaisantes, pourraient bien n'être de la part de Perrault qu'un jeu de plus. Les éditions modernes des contes de Perrault destinées aux enfants, qui les suppriment systématiquement, ne s'y sont pas trompées. Drôle de destin pour des moralités censées instruire les jeunes lecteurs.

DES PRÉTENDUES MORALITÉS

Des contes « avec des moralités » : une contradiction

Selon Perrault, les contes que nos aïeux auraient inventés pour leurs enfants ne seraient qu'une enveloppe agréable leur permettant d'assimiler « une moralité louable et instructive » (préface aux contes en vers, p. 51). Le récit n'aurait donc qu'un statut allégorique : il viserait à renvoyer à une morale, et le conte ne se distinguerait pas dès lors du genre de la fable. Or rien n'est moins faux. D'une part parce que les contes populaires ou littéraires ne sont jamais suivis d'une morale, sauf chez Perrault. D'autre part et sur-

1. Les contes en vers ont eux aussi une ou plusieurs moralités, même si le terme n'apparaît pas : dans *Peau d'âne* et *Les Souhaits ridicules*, on les trouve à la fin ; dans *Griselidis*, le dernier quatrain de la dédicace « À Mademoiselle** » (p. 58) fonctionne sur ce principe.

tout, parce que le langage du conte n'est pas allégorique comme dans la fable, mais symbolique : le récit ne renvoie pas à une leçon mais exprime, par des images affectives et des actions, des fantasmes et des conflits humains. Son langage est poétique et énigmatique, et ne se laisse pas décrypter une fois pour toutes. Il ne saurait donc se résumer à une signification claire, encore moins à l'énoncé d'une morale. Il y a ainsi entre la notion de « moralité » et le genre du conte une contradiction fondamentale, dont Perrault est parfaitement conscient et avec laquelle il va jouer.

Des moralités artificielles et décevantes

Compte tenu de la complexité des contes, les moralités ne peuvent apparaître qu'artificielles. Ainsi, à la fin de *La Barbe bleue*, qui touche à la question fondamentale de l'interdit et de la transgression, Perrault cherche une moralité. Mais quelle moralité trouver à ce conte qui est au-delà de toute morale? « Là, on l'imagine la plume en l'air, pris au piège du conte. [...] La morale de cette histoire? Eh bien, nous dit Perrault, c'est que la curiosité est un vilain défaut! Évidemment il se moque de nous, il se moque de lui-même[1]. »

À l'issue de *Peau d'âne*, Perrault énonce que la morale du récit est entre autres « Que la Vertu peut être infortunée/ Mais qu'elle est toujours couronnée » (p. 115). Le contraste, comme dans *La Barbe bleue*, se trouve entre la profondeur du conte et la platitude du précepte moral.

Même les moralités qui semblent énoncer une leçon qu'on peut effectivement tirer du conte sont décevantes, parce qu'elles ne prennent pas en compte tout le potentiel de signification du récit : ainsi celle du *Petit Chaperon rouge* avertit clairement les jeunes filles des dangers des loups/séducteurs, mais laisse dans l'ombre la responsabilité de la mère et de la grand-mère dans la mort de l'héroïne.

1. Michel Tournier, *Le Vol du vampire*, Paris, Gallimard, coll. « Folio essais », 1994, p. 40.

Enfin, pour *La Belle au bois dormant*, Perrault dit que le sens de ce conte est qu'il faut être patient en amour et « qu'on ne perd rien pour attendre »; et il ajoute : « Mais le sexe avec tant d'ardeur,/ Aspire à la foi conjugale,/ Que je n'ai pas la force ni le cœur,/ De lui prêcher cette morale » (p. 140). Curieux moraliste que ce Perrault qui refuse de « prêcher ».

Certaines de ces moralités sont même assez « immorales » : alors que l'héroïne de *Peau d'âne* vient de traverser les pires épreuves, Perrault déploie sa satire habituelle sur les femmes : « [...] de l'eau claire et du pain bis/ Suffisent pour la nourriture/ De toute jeune Créature,/ Pourvu qu'elle ait de beaux habits » (p. 115). À la fin des *Souhaits ridicules*, il se moque du sort des paysans et prétend que les pauvres méritent leur condition (voir p. 123).

UN JEU LITTÉRAIRE ET MONDAIN

En réalité, les moralités relèvent d'un jeu littéraire, conforme à l'esprit des salons mondains. Le ton des moralités est ironique (à l'exception peut-être de la moralité du *Petit Poucet* et de celles des *Fées*). Le passage de la prose au vers signale qu'on sort de la naïveté du conte pour porter sur lui un regard amusé. S'adressant directement à son public mondain, Perrault se moque avec lui de ces contes du temps passé : ainsi une histoire comme celle de *Griselidis* est désormais impossible puisque dans le Paris du XVIIe siècle ce sont les femmes qui « ont la science » de « faire exercer » la « Patience » « par leurs propres maris » (p. 58). La misogynie n'est ici que de surface : Perrault s'adresse à un public composé largement de femmes qui s'amusent de ces traits satiriques, qui par ailleurs pourraient avoir bien plus pour objet les hommes eux-mêmes.

Le dédoublement des moralités

Le jeu des moralités passe d'abord par leur dédoublement. Perrault prétend que les contes contiennent « une Morale très sensée » (p. 127). Or dans ses contes en prose (à l'exception du *Petit*

Poucet), il n'y a pas une mais deux moralités, Perrault semblant dire par là qu'il n'y a finalement pas de leçons à tirer de ces récits puisqu'on peut en formuler deux, et qu'on pourrait en formuler tout aussi bien trois ou quatre ou cinq (comme dans *Peau d'âne*), de manière totalement arbitraire. Dans certains cas, la seconde moralité contredit la première, ce qui contribue à décrédibiliser encore davantage ces moralités. Ainsi dans *Cendrillon*, la première énonce qu'avec de la gentillesse « on peut tout » (p. 177), la seconde que même avec toutes les qualités, on ne peut rien si on n'a pas, pour nous introduire dans le monde, « des parrains ou des marraines » (p. 178).

L'humour comme mise à distance

Perrault fut abondamment critiqué pour ses moralités (raison pour laquelle elles sont si souvent supprimées). Il trahirait la symbolique des contes en en faisant un jeu mondain destiné à la haute société du XVIIe siècle. Mais c'est se méprendre complètement sur la fonction de cet humour. Son public mondain est comme tout public profondément touché par ces récits. La fonction des moralités est de prendre de la distance par rapport à cet investissement affectif. Aussi, c'est dans ce rapport entre profondeur et superficialité que se trouve peut-être la vraie morale de Perrault. Ses contes seraient ainsi une éducation à la lucidité et à l'humour.

UNE ÉDUCATION AU RIRE ET À LA LUCIDITÉ

Éduquer les jeunes adultes de la haute société

La morale qui s'énonce dans les moralités n'a rien à voir, malgré les apparences, avec des préceptes de vertu, de gentillesse ou d'obéissance, tels qu'on les trouve dans l'éducation des petits enfants. Ce n'est pas à eux que Perrault s'adresse mais aux jeunes adultes qui entrent dans le monde et souhaitent y réussir. Il faut pour cela, quand on est un jeune bourgeois qui n'a ni titre ni fortune, faire preuve d'« industrie » et de « savoir-faire », tout en sachant que pour séduire une « Princesse », ces qualités ne suffiront pas et qu'il faudra en plus avoir belle apparence (*Le Chat botté*, p. 161) ; toutes ces qualités ne valent rien si on n'a pas de protection et de soutien, mais avec un peu d'habileté, on peut réussir un mariage princier (*Cendrillon*) ou un mariage bourgeois permettant de redorer le blason aristocratique de la famille (*La Barbe bleue*) ; on apprend aussi que lorsqu'on est très fortunée (*Les Fées*), on a beau être gentille et jolie, on est avant tout aimée pour son argent.

Le sourire de la morale

Ces avertissements ne sont pas pessimistes. Ils visent à mieux vivre en société, c'est-à-dire sans illusion. La lucidité ne conduit pas chez Perrault à susciter le désespoir ou l'agressivité, mais une prise de distance. Une fois encore c'est la fonction de l'humour, qui constitue peut-être la leçon essentielle des contes de Perrault. Il y a là la condition d'un bonheur qui consiste à rire de soi et des autres, et ces contes souvent féminins, qui prennent le parti de la fille contre l'époux, le père, la mère, voire même la morale, restent suffisamment légers pour ne choquer personne : « On y voit pas endroits quelques traits de Satire,/ Mais qui sans fiel et sans malignité,/ À tous également font du plaisir à lire :/ Ce qui me plaît encor dans sa simple douceur,/ C'est qu'il divertit et fait rire,/ Sans que Mère, Époux, Confesseur,/ Y puissent trouver à redire » (préface aux contes en vers, p. 53).

ill. 3

« Le Chaperon rouge fut bien étonné de voir comment sa grand'mère était faite en son déshabillé » (*Le Petit Chaperon rouge*).

ill. 5

« Les fées ont endormi dans leurs sourires plus d'enfants que les grotesques gros yeux des ogres n'en ont tenu éveillés » (*Le Petit Poucet*).

ill. 16

« Le Petit Poucet, s'étant approché de l'Ogre,
lui tira doucement ses bottes »
(*Le Petit Poucet*).

ill. 17

« Cette bonne femme n'avait point ouï parler des défenses que le roi avait faites de filer au fuseau » (*La Belle au bois dormant*).

ill. 21

« Ce n'étaient que des corps étendus d'hommes
& d'animaux qui paraissaient morts »
(*La Belle au bois dormant*).

ill. 22

« Il vit sur un lit, dont les rideaux étaient ouverts de tous côtés »
(*La Belle au bois dormant*).

ill. 25

« Approchant la pantoufle de son petit pied, il vit qu'elle y entrait sans peine & qu'elle lui était juste comme de cire » (*Cendrillon*).

ill. 26

« Au secours ! Au secours ! Voilà M. le marquis de Carabas qui se noie »
(*Le Chat botté*).

ill. 33

« La jeune princesse, outrée d'une vive douleur, n'imagina rien autre chose que d'aller trouver la fée des Lilas, sa marraine » (*Peau d'âne*).

ill. 36

« Il vint des rois de tous les pays »
(*Peau d'âne*).

ill. 39

« S'il vous arrive de l'ouvrir, il n'y a rien
que vous ne deviez attendre de ma colère » (*La Barbe bleue*).

ill. 40

« Les voisines & les amies… tant elles avaient d'impatience de voir toutes les richesses de sa maison » (*La Barbe bleue*).

ill. 42

« Ils lui passèrent leur épée au travers du corps »
(*La Barbe bleue*).

Bibliographie

ÉDITIONS DES *CONTES* DE PERRAULT

- PERRAULT Charles, *Contes*, Paris, Gallimard, coll. « Folio classique », 1981.
- PERRAULT Charles, *Contes*, illustrations de Gustave Doré, Genève, Vernoy, 1980.

OUVRAGES GÉNÉRAUX SUR LES CONTES

- BETTELHEIM Bruno, *Psychanalyse des contes de fées*, Paris, Pocket, 1976.
- PROPP Vladimir, *Morphologie du conte*, Paris, Le Seuil, coll. « Points essais », 1970.
- ROBERT Raymonde, *Le Conte de fées littéraire en France de la fin du XVIIe à la fin du XVIIIe siècle*, Paris, Champion, coll. « Lumière classique », 2002.
- SIMONSEN Michèle, *Le Conte populaire français*, Paris, PUF, coll. « Que sais-je? », 1994.

ÉTUDES SUR LES CONTES DE PERRAULT

- SIMONSEN Michèle, *Perrault, « Contes »*, Paris, PUF, coll. « Études littéraires », 1992.
- SORIANO Marc, *Les Contes de Perrault : culture savante et traditions populaires*, Gallimard, coll. « Tel », 1989.

ÉTUDES SUR GUSTAVE DORÉ

- KAENEL Philippe, *Le Métier d'illustrateur, 1830-1880 : Töpffer, Grandville, Doré*, Genève, Droz, coll. « Titre courant », 2005.
- RENONCIAT Annie, *La Vie et l'œuvre de Gustave Doré*, Paris, ACR, coll. « Bibliothèque des arts », 1983.

Imprimé en France par **Bussière**
à Saint-Amand (Cher) août 2006
Dépôt légal : août 2006. N° d'édit. : 77503. N° d'imp. : 062784/1.